日本を出て、日本を知る

坂本　龍太朗

アメージング出版

序章

「海外に出る前にまずはしっかり日本を知りたい」「英語を勉強してから」「今は仕事や勉強で忙しいから」「今はお金がないから」と、海外にあまり出ない人からはこんな理由をよく聞く。そして、「もちろん行きたいけど」という接頭辞のような決まり文句もつきものだ。本書は様々な理由で海外に出たいけど出ない人にパラダイムシフト（今まで当然だと思っていた事柄の劇的転換）を提供することを目的としている。

まず一つ目の「海外に出る前にしっかり日本を知りたい」についてであるが、何をどこまで知れば日本を知ったことになるのか。日本全国をくまなく回ればそれで知ったことになるのか。答えは否である。日本は紀元前６６０年に建国され、少なくとも2千年以上もの歴史を持つ、各国が認める世界最古の国家である。それを知ってからというのでは人生はあまりにも短い。

次の「英語を勉強してから」に関しても同様、どこまで話せるようになれば英語が話せたことになるのか。ラテン語やギリシャ語にも語源を持つ英語は、分野によってはネイティブでも分からない表現が多い。ゆえに、学べば学ぶほど難しくなるとも言われるのが英語である。英語を長く勉強しても自信がないという人は多い。また、多くの非英語圏でも比較的英語が通じるようになってきたとはいえ、海外＝英語とは限らない。そもそも海外で必要なのは英語力よりも適応力である。

「今は仕事や勉強で忙しいから」という人は大抵、いつまでたっても『今』が続く。いつ海外に行く時間ができる『今の終わり』が来るのか。海外に行って見識が広がれば仕事の可能性も広がるかもしれない。勉強ができるのも日本だけではない。そして何より、たった一度の人生を、仕事や勉強にコントロールされ続けていいのだろうか。

最後の「今はお金がないから」も海外に出ない理由としてよく聞かれる。『海外旅行＝お金がかかる』というのも今の時代では必ずしも正しくない。格安航空もあれば格安宿もある。海外に住んでいる友人に泊めてもらったり、夜行電車を使って宿泊費を浮かせることもできる。そして何より、そこからはお金以上の価値や経験が得られる。

そういう私も海外に出る前は「英語を学んでから」「稼いでから」といった考えがあった。しかし実際に出るようになってから多くのパラダイムシフトを経験し、今は海外に出るために日本で稼ぐという立場から、海外で稼ぎ日本で使う立場に変わった。ポーランドに住むようになり、３０代の青春を謳歌している。３０代で青春なんて遅すぎないか。そう思ったあなたの青春はいつだったのか。まずは考えていただきたい。

一般的に青春時代といえば10代だ。それは人生でもっとも充実し、記憶に残り、経験が積め、その後の人生の基盤となる時期であろう。一方、私にとっての10代は思い描いていたようなものではなかった。部活の柔道に朝、晩、そして週末にも取り組み、長期休暇は遠征に向かった。稀にみる勉強嫌いの私にとって授業は苦痛でしかなく、目立つために手を挙げて発言することばかりに集中し、ノートは取らない。結果として周りに喜ばれるような成績を取った記憶はない。10代後半は受験勉強や浪人生活で勉強漬けとなり、大人になればもう戻ってこない青春とはこんなものかと悲観していた。

20代になると、私は長い大学生活を送った。親元を離れ、高校では校則で禁止されていたバイトも始めた。お金ができれば留学資金として貯め、旅行もした。多くの生涯の友もでき、三度の留学経験にも恵まれ、自分の青春は20代だったのかと悟った。しかし、大学生活も終わるころ、再び人生に悲観した。これで青春も終わりか。あとは先輩たちと同じようにスーツを着て、作り笑顔で武装した仕事漬けの人生を定年まで送るだけか。どんなパーティーもいつかは終わるように、楽しい時間が過ぎれば、楽しかっただけ悲観的な時間が待っているものだと考えていた。

しかし30代になって、20代以上の青春がやってきた。家族ができ、守るもののために働く喜びを知った。起業をし、社会に貢献する充実感を知った。部下ができ、マネージメントの重要性を知った。２０代、自分のために生きていた青春も楽しかったが、３０代になって人のため、社会のため、そして次世代のために時間をかける青春は、まさに私が思い描いていた人生の真骨頂であった。実際に３０代となり気づいたことがある。それは１０代には１０代の、２０代には２０代の、３０代には３０代の青春があるということを。もちろん４０代以降もまた違った青春が待っているだろう。結局は人生での挑戦をやめたとき、その人の青春が終わるのだ。挑戦し続ける。自分をそんな環境に置くことができたのは何を隠そう、海外に出たからに他ならない。

ポーランドに移住してからまもなく１０年。この地を初めて踏んだのは２００８年の夏、欧州最後の独裁国家と言われるベラルーシに向かう際、経由地として首都ワルシャワに一泊したときだった。フランスのパリからベルギー、ドイツを横断し、ポーランドは最後の経由地であった。若いころ、ポーランドに関する知識といえばワルシャワ条約機構ぐらいで、ヨーロッパにあることは知っていても具体的にポーランドがどこにあるのかさえ知らなかった。ワルシャワ中央駅を出て、目の前にあった文化科学宮殿を眺めていたころ、まさか人生をこの国に捧げることになるとは思いもよらなかった。

私が海外で経験した一番大きなパラダイムシフトを紹介しよう。私は日本で生を受け、日本で育てられ、日本で多くを経験し、たくさんの友を与えられた。母国である日本に恩返しがしたい。そんな想いを抱えたまま日本を離れ、海外に住むことに大きな矛盾を抱え、長い間悩んでいた。しかしある日突然気づいたことがある。海外に住んでいるからこそ日本に恩返しができると。

現在、ポーランドで日本を伝えることがライフワークになっている。多くのポーランド人を親日家に育て、日本に送り出す。彼らは日本の良さを周りのポーランド人のみならず、日本人にも伝えてくれる。今海外にいる私には日本のためにできることがたくさんある。それは逆に、日本ではできないことばかりだろう。『祖国を離れる』ということは、『祖国を捨てる』ということではなく、『外から祖国を支える機会を与えられる』ということなのだ。こう悟ったとき、私は一気に祖国を離れた自分を許すことができた。

日本を出て日本を知る。海外での生活は日本人としての誇りを強くし、自信を持たせてくれる。日本を知るために訪れるべき国は世界中にたくさんある。今私が住んでいるポーランドもその例外ではない。読者のみなさまが本書を通し、海外に羽ばたいてみようと感じていただければ筆者としてこの上ない喜びである。

もくじ／日本を出て、日本を知る

第1章

異文化との出会い

岐阜県高山市。私が生まれた町である。その後引っ越して、１８歳まで長野で育った。そのため私にとっては長野県同様、岐阜県もふるさとだ。しかし隣り合う両県の間で、私は人生初の異文化体験をした。理由は方言である。今でも祖父が言っている言葉が時たま理解できず、祖母が通訳してくれる。小学校の時に岐阜から長野に転校してきた友人がいた。彼の方言を多少理解し、仲良くできたのは、私が岐阜で生活した経験があったからだ。その友達は方言のため周りから、からかわれていたが、私自身は異文化というレンズを通して彼を自分に投影して見ていた。異文化理解とは相互理解そのものであり、その意味において国の間の異文化と原理は同じだ。海外に行かずに体験できる異文化はあちこちに転がっている。人によって価値観も趣向も異なる。過去の自分と今の自分も、同じ価値観を必ずしも共有しているわけではない。そう考えると日本を出ずとも、異文化から離れて生きていくことはできない。その異文化が〝異〟であればあるほど人は驚き、新たな見識を得、それによって成長していく。異なることを意識すればするほど、基準としての自己についても考えざるを得ない。自分探しの旅と称して旅行する若者は、結局自己認識を高めるため、比較対象を探しに行っているに過ぎない。多くの異文化がある中で、最も大きな差を感じることができる場所。それが海外であることは言をまたない。

国際感覚の芽生え

「I don't know.」これどうやって読むの？　小学校5年生のころ英語の塾に通っていた私は、毎週家を出る前に母親に英語の発音を聞く習慣があった。しかしこの日はいつもとは違う答えが返ってきた。「お母さんに聞くよりせっかくなんだからネイティブに聞けば？ How to read it? と言えばいいの」私の家族が住んでいた家は決して大きいわけではなく、子どものころは一家五人が同じ部屋で布団を敷いて寝ていた。それにも関わらず、普段は空いている部屋があった。その部屋は『ホームステイ部屋』と呼ばれており、世界中の外国人を受け入れていた。その日、私たちの家にはセントルシアからセイルという青年が来ていた。時は１９９８年長野オリンピックの時期である。セイルもその一環で来日していたのだ。

私は母に聞いたばかりの英語でテキストを指さし、セイルに「I don't know.」の読み方を教えてくれと頼んだ。長身の彼は小学生の私の目線にまで腰をかがめ「アダナ」と何度か繰り返した。

「あだ名？　日本語じゃん」セイルに習った英語を口ずさみながら自転車にまたがり、家から5分と離れていない英語塾へ駆け込んだ。
「アダナ！」すると先生は眉をひそめてこいつは何を言ってるんだという顔をし、「アイドントゥノー」と私の発音を正した。その時からだ。英語塾で習った英語は世界で通用する英語ではないと知ったのは。

長野オリンピックでは、新たな道路建設のために多くの木が伐採された。シンガーソングライターの黒坂黒太郎氏が中心となりそれらの木をコカリナという楽器にしてよみがえらせ、長野では多くの子どもたちが取り組んでいた。オリンピックまでに長野コカリナ合奏団が組織され、母はボランティアとして英語の通訳をよくやっていた。ある日、合奏団の私たちが長野駅で演奏した後、脇に白人の女性を見つけた。当時は小学校で英語教育もなく、外国人教師の派遣もなかった時代だ。そのため私たちは外国人という存在に興味を持ったが、どう接していいのか分からない。それは保護者たちにとっても同じことであった。ある保護者が母に通訳を頼み、私たちはその白人女性を囲んだ。大人たちが母に聞きたい質問を投げかける。「どこから来たの？」「名前は？」「仕事は？」「いつ日本に？」母の通訳に大人たちは「へぇ～」とお決まりかのように大げさにうなずく。私はその白人女性ではなくそんな大人たちのやり取りをみていた。なんだ。大人は子どもに英語を勉強しろと言うくせに、結局大人もできないんじゃん。『あだ名（I don't know）』事件がストレートだとすると、この『へぇ』事件は私にとってボディーブローのような衝撃があった。英語の勉強なんて結局役に立たないという疑念が確信に変わった瞬間だった。

中学に入ってからもその疑念は強まるばかり。英語は得意科目ではあったが、学校の授業は無駄な時間だとしか感じていなかった。教育に対する疑いの姿勢は国語、社会、数学など他の科目にも波及し、英語以外の成績も落ちていった。無駄な勉強をするより柔道やコカリナをやっていたほうが将来役に立つと信じていたため、親の心配をよそに全く心配もなかった。ちなみに長野コカリナ合奏団は翌年、アメリカツアーとなり２００２年冬季五輪の開催都市となったソルトレークやミネアポリス、ロサンゼルスなどでコンサートを行った。そこで学んだ英語は中学校３年分以上だと感じた。

アメリカツアーをした後も長野コカリナ合奏団は活発に活動し、ピアノが好きになれなかった私もいつの間にかコカリナには取りつかれていった。それはコカリナの裏に外国との接点を見出していたからだろう。私の中学校でコカリナを吹いていたのは私だけ。そのため高校では誰かと一緒にコカリナを吹きたいと常に思っていた。しかし他のコカリナ合奏団のメンバーたちはみな成績もよく、学区内トップの進学校を狙っていた。一方の私は県内模試を受けたが、驚くほど成績が悪く、結果を届けに家まで来た塾講師は母にこう告げた。

「お子さんが学区内で入れる高校はほとんどありません」

模試の結果より、その時母の愕然としてた反応にショックを受けた。その後、親は私に「勉強しなさい」というセリフに、一言付け加えるようになった。「（他校のコカリナ合奏団メンバーたちと）同じ高校行きたいんでしょ？」同じ高校、つまり学内トップの進学校である。私は身の程知らずに、『志望校』欄にその高校の名前を書いて担任の先生に提出。「あなたは本番には強いから」。先生は私にこういうのが精いっぱいだっただろう。しかし周りに公言したからにはだめもとでも受験しなければ顔が立たない。結局私はその高校を受験し、滑り込み合格。三人のコカリナ仲間を得た。今思えば私の潜在意識の中にあった「高校で友だちとコカリナを吹きたい」という希望が私を勉強に駆り立てたのだろう。

高校に入り、私たちはクラスさえ違ったもののよくコカリナを吹いていた。２００２年にソルトレークで長野オリンピックに続く冬季五輪が開催された際には、四人でソルトレークの『長野ハウス』でボランティアをした。毎日数時間の手伝いをする代わりに旅費などを出していただき、自由時間を使って長野オリンピックで生まれたコカリナをソルトレークオリンピックに伝える活動をしようというわけだ。しかし長野ハウスの期待とは裏腹に、私たちはアメリカ滞在で気分が高揚し、仕事をしにきたのか足を引っ張りに来たのか分からない集団だった。持ち場を勝手に離れ、お客さんを囲んで質問攻めにする。街で配る味噌汁を自分たちで飲む。勝手に折り鶴を大量に折って通行人に配るなど、高校生だから許されるぎりぎりの範囲での悪事を繰り返した。

そんなある日、私たちは長野ハウスでコカリナを吹くこととなった。その日からだ。周りの私たちを見る目が変わったのは。長野ハウスは私たちに同時に休暇を提供してくれ、その日を使って近隣の小学校などを回ってコンサートをすることができた。通訳の方が私たちを『Four Guys』と名付け、日本の新聞にも取り上げられる。日本でのコンサートとは違い、すべての場所で、『日本から来た』Four Guys と紹介された。歓迎を受けるたび、『日本から来た』という意味を考えるようになっていった。小学校の食堂で子どもたちと一緒に食事を取っているとき、質問攻めにあった。「日本のカフェテリアでは何が買えるの？」と聞かれ、「日本は給食がある」と答え、子どもの靴にサインしながら「日本はうち履きと外履きがあるんだよ」なんていう話をする。日本について

コカリナ

ばかり話していたアメリカ滞在だった。この経験は『外国で日本人としてできること』を考えるきっかけをくれた。

この頃から高校の先生に「大学では国際学を学びたい」という希望を伝えるようになった。そのため世界史と日本史の間で後者を選択した際、「将来世界に出るなら世界史をやったほうがいいんじゃないの?」と先生から再考を促された。しかし私は世界に出るなら日本史こそが必要な知識だと考えていた。アメリカではアメリカについてではなく、日本についてばかり聞かれたからだ。であるならば世界に出て武器になるのは世界史の知識以上に日本史の知識ではないだろうか。『国際』を英語で『international』と言うが、この言葉の土台は『national』。つまり自国意識としてのnationalなくしてinternationalにはなりえない。

英語VSロシア語

旅は出会い。出会いは成長。だから旅は人を成長させる。その出会いとは人との出会いだけではなく、自分自身との出会いでもある。私が新たな世界と、そして新たな自分自身と出会ったのは、ベラルーシという国と関わりを持つようになってからだ。私のふるさとである長野県更埴市（現千曲市）出身で２００４年から現在まで松本市長を務めている菅谷昭（すげのやあきら）医師がいる。この人と出会ったことが人生のターニングポイントとなった。誰しもそんな人がいるだろう。私にとっては菅谷先生との出会いがまさにそれであった。人生を変えるのはよき師との出会いである。菅谷先生は甲状腺疾患の専門医で、信州大学医学部を卒業後、トロント大学に留学し甲状腺疾患を学ぶ。１９９３年には信州大学で助教授となったが、その３年後に職を投げうって単身ベラルーシに移住。１９８６年のチェルノブイリ原子力発電所の事故後、子どもたちを中心に多くのベラルーシ人が甲状腺がんにかかって苦しんでいるという現状を無視できなかったためだ。チェルノブイリに近いホメリ州のがんセンターにて医療活動にあたりながら、先進医療技術をベラルーシの医師たちに広めた。２０００年にはベラルーシ共和国国家最高勲章であるフランシスコ・スカリナー勲章を受章している。菅谷先生がベラルーシに行くまで、多くの子どもたちは手術後に首に大きな切開跡が残っていたが、先生の手術技術では傷はほとんど残らず、子どもたちはマフラーで傷を隠さず外を走り回れるようになった。５年間ベラルーシに滞在し、２００１年に帰国。２００２年には長野県の衛生部長に就任。２００４年に松本市長に初当選し、現在に至る。

これほどの方と、どこで個人的な接点を持つことができたのか。それは菅谷先生の尽力で２００１年、ベラルーシから少年少女舞踊団が私の地元を訪問した時だ。私はコカリナを通して彼らと共にステージに立つ機会を得ただけではなく、家にもベラルーシからのホームステイを受け入れ、滞在中はずっとベラルーシの子どもたちと過ごしていた。英語もそこまで通じない彼らとどうやって一緒に遊んでいたのか。今思うと正直よく分からないが、この体験は私に大きなインパクトを与えた。彼らが帰国してから私はすぐに菅谷医師に手紙を書いた。「来年は私がベラルーシに行きたいです。支援していただけませんか」母からはせめて、季節の挨拶ぐらい入れたほうがいいと言われた。やりたいことをやるのに躊躇しない性格であったため、私はあまり考えずに行動するくせがある。そのリスクを事前に察知し、ブレーキをかけてくれるのが母親だった。その後も年賀状などを書いてアピールを続け、ついに菅谷先生から支援しようという返事が来た。もちろん私が手紙を書く傍ら、周りの大人たちが動いてくれたであろうことは疑う余地もない。アピールを続けると同時に私はロシア語を猛勉強していた。

２００２年、今度は七人のグループを結成しベラルーシへと旅立った。もちろん子どもたちだけでこのような旅行をすることはできない。私たちと共に飛んでくれた四人の大人がいた。私たちは成田空港を飛び立ち、経由地フランクフルトへ。そこで一泊してからベラルーシの首都ミンスクへと向かった。ドイツへ向かう機内で客室乗務員が私にコニャックを持ってきた。私はまだ２０歳じゃないと言うと、ドイツでは関係ないとのこと。気が高まっていた私はそれを一気に飲み干した。そこから着陸までの記憶はほとんどない。気圧の影響もありアルコールは一気に私の体内に充満し、歩くこともできなくなった。覚えているのはトイレでぐったりしている私に、客室乗務員が「お医者さん呼ぼうか？」と繰り返し、毎回「大丈夫です」と言っていたことぐらいだ。その後、私は機内でアルコールは飲まないと誓った。

ベラルーシの空港に到着し、まず衝撃だったのはトイレだった。水洗でないことぐらいは予想していたが、なんとトイレットペーパーの代わりに税関申告書が積まれている。用を足した私はついにベラルーシに来たんだと実感した。そこからマズィルに向かい、ホームステイをしながら国際音楽祭などのステージに立ち、小学校訪問なども行った。ベラルーシでも多くの異文化に出会った。どこに行っても聞かれることは日本について。私は１６年しか暮らしていない日本について、「日本では…」と自慢げに語った。言語は異文化理解へのパスポート。通じることが嬉しく、さらにロシア語を学びたいと思うようになった。

ベラルーシから帰国後、私はベラルーシ留学を考え始めた。夢を持ったからには、次は追いかけなければならない。ロシア

ベラルーシの地図

語をもっとしっかり身につけなければ。追えば追うほど追いたくなるのが夢の醍醐味である。同時に日本を出たいという気持ちもあった。包み隠さず言えば日本が好きではなかったのだ。アメリカやベラルーシでの滞在を通し、表面的に海外を知った私は海外への憧れのみが脳裏に焼き付いていた。日本は悪い国だという日本での学校教育は、そんな私の反日意識に追い打ちをかけた。今となっては恥ずかしい限りだが、『日本が嫌い＝日本を出たい＝外国語を学ぶ』という図式の中で生きていたに過ぎない。

受験戦争前線からの離脱

ベラルーシから帰って来た私は高校３年生。部活の引退後は間髪いれずに本格的な受験勉強が始まった。朝は自由参加という名の下、ほぼ強制参加の朝学習。毎週ある小テストは結果が名前付きで学年全体に配布される。登録制の全国模試も、強制登録に近くほぼ全員が受験する。高校にぎりぎり合格した私はその後も教育に対する不信感は払しょくされず、ロシア語に取りつかれていたこともあり成績は底が見えないほど低かった。見えたかと思えば赤点で、強制の補修授業にも何度か参加した。英語の授業ではいつもロシア語の教科書を広げていた。一度時先生に注意されたことがあるが、「文科省の学習指導要領には外国語とあり、英語とは書いてありません。私は外国語を学んでいます」と悪知恵を働かせて先生を困らせた。よく考えてみればこれはおかしな話である。英語を学べとは書いてないのに全員英語しか学べない。海外では学ぶ言語に一定の選択肢があり、自分が一番得意な言語を選び、その言語で外国語科目を受験する。英語が苦手でも中国語が得意だという人もいるだろう。

しかし日本では英語のみが強要され、英語ができなければ逃げ場はなく、結果としていい大学にも行けない。ある意味、英語全体主義の外国語教育なのだ。初めは私も受験の波に乗り、『四当五落』の合言葉の下、働き蟻のように朝から晩まで勉強した。『四当五落』とは睡眠時間が４時間であれば大学に合格するが、５時間であれば落ちるという意味だ。睡眠以外の時間は机に向かうことを求められた。だから私も勉強した。ただ主要科目がロシア語だっただけだ。好きこそものの上手なれで、ロシア語はめきめきと上達し、試験科目の成績は見事に比例し下落した。

高校３年生の夏休み、授業がないのをいいことに、朝から晩まで夏の猛特訓クラスが開講された。ちまたは休みであり、楽しそうに散歩をしている後輩たちを横目に机に向かう私。ついに嫌気が差して、担任の先生に「高山の田舎に籠って受験勉強してきます」と嘘をつき、２週間ほどクラスを休んだ。ただ行先はもう少し遠かった。新潟空港からロシアのハバロフスクへ飛んだのだ。

受験生最後の夏、周りが受験勉強している傍ら一人ロシアへ。受験のことなど頭の片隅にもなく、目の前のロシアを楽しんだ。日中はレスリングやサッカーを楽しみ、夜は遅くまで街を散歩した。ちょっとしたロマンスも経験した。ホストファミリーであるマクシムの近所には、マーシャが住んでおり、彼女にはカーチャという姉がいた。私たちはよく四人で散歩に出かけた。ある晩、マクシムの家で日本の海産物について話しているとき、彼は突然まじめになり、カーチャは彼氏がいないし、日本人が好きだからどうかと言ってきた。私は冗談言うなよといい、そういえば日本ではウニも食べるんだよと話を戻した。しかしどうやら本気らしく、次の日の散歩ではカーチャが日本に連れて行ってほしいと私に迫ってきた。なるほど。昨晩の話は地ならしか。そしてマクシムとマーシャもそうすべきだとカーチャを援護射撃する。私も逃げ切れず「ビザは?」「仕事は?」「僕は受験があるけど?」とあえて彼らが困るような質問を投げかけた。しかし、「そんなの気にするなよ」の一言で全て片づけられた。空も暗くなってきて家も見えるころ、カーチャは私に聞いた。

「У тебя есть девушка? (彼女いるの?)」

私はそれを「おじいさんいるの？」と勘違いし、「うん、日本の東京と高山にいる」と答えた。その途端カーチャは突然口を利かなくなり、一人で彼女の家まで走って帰ってしまった。驚いたマクシムとマーシャが私に駆け寄る。「何があったの？」「よく分からない。おじいさんがいるって言っただけなんだけど」その後なぜ彼女が怒ったのかを理解した。ロシア語で『彼女』は『девушка（デェーヴシカ）』といい、おじいさんは『дедушка（デェードゥシカ）』という。アルファベット一文字の聞き間違いで、私は予定外にも人生初の失恋を味わった。私を好きだと言ってくれる人が私を嫌いになるというのは、例えこちらにその気がなくてもやはり辛い。私の父方の祖父は東京に、母方は高山にいるがそんな説明をする時間は与えられなかった。カーチャは「龍太朗は二股野郎」だと今でも思っているに違いない。失敗、それも大事なキャリアだが、彼女の日本人に対するイメージは最悪だろう。

しかしこの失恋はその後に起きた事件に比べると取るに足らないことだった。ある日、マクシムと彼の友人ヴォーリャとの三人で中国との国境を流れるアムール川で泳いでから買い物に行った。日本への帰国を二日後に控え、お土産を買おうと思っていた。三人でデパートに行きCDなどを買い、私は持っていたお金をきれいに使い切った。その後、家に帰るため車を止めた駐車場へ。そこでマクシムが驚きの一言を放った。

「車がない！」

どうやらドアの鍵が壊され、そのまま乗って行かれたらしい。私にとってそれは、車が盗まれたこと以上に大きな問題だった。デパートにはスリがいるから大事なものは車の中に隠したほうがいい。車は鍵をかけるからその方が安全だと言われていた。私は濡れた水着、パスポート、そして日本に帰国してから家まで帰るため交通費として、1万円を座席の下に隠しておいた。車がない。それは帰国二日前にしてパスポートもお金もなくなったことを意味した。徒歩で帰りながら何度も私に「問題ない」と繰り返すマクシム。「大問題だ！」家に入るなり電話で事情を知っていたホストのお母さんは大慌て。私はロシアにしばらく住む決意をし始めた。むしろ受験戦争の前線に物理的に戻れなくなるという期待感さえあった。ただ、高校の先生にはロシアに行ったことが知られるだろう。家族にもしばらく会えないかもしれない。自分の人生は今まで誰も歩んだことがない。だから迷って当たり前だが、まさかこうも突然問題が起きるとは。「警察に電話するの？」そうマクシムに聞くと、「ロシアの警察はあてにならない」と言いながら、彼はどこかに電話をかけ事情を説明している。また私は勘違いしたのかと思っているると、マクシムは電話を切り、私にこう説明を続けた。「ロシアの警察は自分の半径数メートルのことにしか興味がないから頼れない。だからマフィアに捜査を頼んだ。彼らは高くつくけど、ロシア全土を牛耳っているからこういうときは頼りになる」

次の日、無事に車が返ってきた。ロシアのマフィアに脱帽。私の水着は、まだ絞れるほど湿っている。パスポートも無事だった。ただ1万円はなくなっていた。しかしこれ以上心配はかけたくなく、マクシムたちには「全部あった」と嘘をついた。新潟まで着けばあとはヒッチハイクで帰ればいいと考えていた。次の日、空港でマクシムとはお別れ。すでに私が乗るであろう飛行機が見える。しかし搭乗手続きをするためにパスポートを見せるとこう告げられた。「空港使用料は？」聞くとそれは日本円にして約４千円。ここに来て再び私は帰国できない危機に陥ったのだった。流石に焦った。マクシムもいなければ電話をかけるお金もない。空港から彼らの家までの道も分からず、分かったとしても搭乗まで2時間もない。私はとっさに近くにいた日本人らしき男性に声をかけた。「すいません。日本人ですか？」と事情を説明し、「日本に帰れたら親に頼んで絶対にお返ししますから」と必死でお金を貸してくれるよう頼む。その男性は私の名前、住所、電話番号を書いた紙を、５千円と交換してくれた。搭乗開始まであと３０分しかないにも関わらず、私は未だにスーツケースさえ預けられていない。いただいた5千円を財布に入れることなくルーブルに両替し、空港使用料を払う。それから帰国するまでのことはほとんど覚えていない。高校生の私にとってはあまりにも衝撃的な出来事であり、家に着くまで残った小銭を、手に跡ができるほど握りしめていた。母はその後、文句一つも言わずに5千円を包み、お礼として杏菓子を添え、恩人である男性に送ってくれた。

その後、何食わぬ顔で夏の猛特訓クラスに戻った。先生に「坂本、焼けたな」と言われ、「そうですか？」と、はぐらかしながらこれ以上探られまいと、目線を教科書の上に落した。苦い薬は体を癒し、苦い経験は心を育む。私はロシアでの経験で、『人生何とかなる』という根拠のない自信を抱くに至った。その後、多少のことではひるまなくなった。いいのか悪いのか、大学入試に失敗した時も対して悲観せず、回れ右をするように浪人生活に入った。高校3年生の時、私はロシア語の方が英語よりも得意であり、ロシア語で受験できる大学を探したりもした。しかし結局は1年間ロシア語から離れて、唯一の外国語受験科目として強制された英語に専念することになる。

ちなみに、内緒でロシアに行っていたことは近い友人たちだけには伝えてあり、当時流行っていた『自分探しの旅』と説明していた。しかし結局、自分探しは自分の中でしかできない。ロシアに行ったところで、そこで新しい自分が待っているわけではないが、私は確かに新しい自分に出会った。ロシアから帰ってきた自分は今までとは違い、人生初の失恋を経験し、マフィアの力を知った男であった。日本に帰国した時に感じた言葉では表せない安心感は、母国としての日本を意識させた。過去の経験は変えられないが、解釈は変えられる。当時の私にとって、失った1万円は大金だった。その経験は確かにつらかった。しかしそのおかげで多少のことではひるまない心を手にし、1万円以上の価値を手に入れたと、私はあの経験の解釈を変更した。失恋という辛い経験も、その後のロシア語修得に役立ち、笑い話としてここで紹介できるのであればむしろよかったのではないか。

このように１０代は、恥をさらして生きてきた。あなたにも過去の辛い経験、できれば戻ってやり直したい過去もあるだろう。しかしもう一度繰り返したい。過去の経験は変えられないが、解釈は変えられる。そうすることで人は前に進める。過去に後ろ髪を引かれ続けるほど、現代は私たちに時間的余裕を与えてはくれない。

日本人としての自覚の芽生え

中国。私が子どもの頃は世間で日中友好が叫ばれ、中国に関するドキュメンタリーも数多く放映されていた。さらに私が日本で出会った中国人はみなとても勤勉で、賢く、知識も豊富であった。今でも親しくしている中国の友人は多い。それもあり、私にとって他の外国同様、中国は日本より優れた国として、あこがれの対象であった。そんな中国に行く機会を得たのは大学生の時。コカリナの先駆者である黒坂黒太郎氏より、中国で行われる国際音楽祭に参加しないかとの提案をいただいたのだ。私は迷うことなく返事をした。中国語はもちろんできないが、音楽で言語を代替する術を身につけているメンバーばかりが集まった。国際音楽祭であり、北京には世界中から同じような音楽家が集まってきていた。万里の長城など、演奏の機会は何度もあった。ある日ステージに立てる人数が限られているので、演奏希望か、代わりに京劇を見に行くかを選ぶように言われた。黒坂氏に「坂本君は演奏だよね？」と聞かれたが「京劇に行きます」と即答。「じゃあせめてリハーサルの時ステージだけでも見る？」そう促され、それだけならと黒坂氏に同行した。連れていかれた先はなんと人民大会堂。入口で記念写真を撮ったあと、「で、どうするの？」と黒坂氏。中国の富の象徴のような人民大会堂のステージを見て、私は京劇のことなど頭の片隅にもなくなっていた。中国でもっとも大きな異文化体験。それは貧富の格差であった。人民大会堂のステージを見た後、マイクロバスで移動中、多くの貧しい家を見た。北京オリンピックが開催されるまでに、大通りから見える貧しい家庭は強制的に引っ越しとなり、家々は取り壊され近代的な建物が立つという。住んでいる人たちに選択の権利はないそうだ。長い間私があこがれていた中国の新たな事実を知り、今までのイメージが崩れ去った瞬間だった。

フィリピンは中国と並んで私が大学2年生の夏に訪れた国である。国際支援活動をしている方からフィリピンに行かないかとの提案をいただいたのがきっかけだった。フィリピンの病院へ支援物資を運び、国際交流をすることを条件にチケット代以外は全て出してくれるとのこと。こちらも即答し、仲間を集めてほしいと言われたので、周りの友人から八人集めた。台湾を経由しマニラへ。そこから車で約５時間離れたアティモナンという田舎へ向かう。そこで一泊し、翌朝船で対岸にある目的地アラバット島へと向かった。初日から多くのカルチャーショックを受けた。空港を降りるとガイドの方が「止まらずバスまで歩くように」と言う。スリが多いからだそうだ。信号待ちの車には貧しい子どもたちが集まって来てお金をせびる。舗装された道はあっても穴だらけ。

しかし、感動もあった。田舎のアティモナンの港、そしてアラバット島の港は共に日本の支援で建設されたということを知ったのだ。こんなところで日本に出会うとは。島民に聞くと、日本人に会ったことがある人はごく一部だが、みな日本が大好きだという。それはやはり目に見える形でインフラを整えてくれたからだそうだ。アラバット島の港から支援先の病院へと向かう。そこではなんとフィリピン軍が私たちを先導してくれた。しかし私が目を奪われたのは軍用車両ではない。港から病院まで途切れることなく続く子どもたちの列。そしてみな日本の国旗を振っている。なんで私たちのためにそこまでしてくれるのかと涙があふれた。同時にフィリピンのことをあまり知らなかった自分が恥ずかしく、罪悪感さえ覚えた。中には靴を履いていない子どももいる。シャツを着ていない子どももいる。この島中には貧しく海沿いに簡易な家しか建てられず、津波が来たら全てが終わりという生活を余儀なくされている住民も多かった。

翌日から、訪問したいくつかの学校や病院では盛大な歓迎会が開かれた。フィリピンの踊りや食べ物、その後のサイン会など、まるでスターのように扱われる。ずっと同行してくれていたフィリピン軍の軍人たちとも仲良くなり、ある日彼らは私に銃を渡し、使い方を教えてくれた。フィリピンとの出会い、これは私にとって初めての親日国との出会いであった。日本が好きで好きでたまらない子どもたちと話しながら、口が裂けても「私はあまり日本が好きじゃないけど」なんて言えなかった。

しかし、徐々に私の中で日本人としての誇りと自覚が芽生えつつあった。フィリピンでは日本軍とフィリピン住民との感動エピソードなども多く伺った。日本の教育では日本はアジアを侵略し、アジアから嫌われていると教えられてきた。フィリピンでも日本軍によって大量虐殺が行われたと信じてきた。しかし、フィリピンではだれと話しても、どこに行ってもその痕跡は見つけることができなかった。学べば学ぶほど私は嘘を教えられてきたことに気づき始めた。フィリピンは長い間、スペインの植民地であり、フィリピンという名前も当時の名残だ。その後、戦前まではアメリカの植民地であり、日本軍がアメリカを追い出したことで、フィリピン人は解放され日本軍を熱く迎えたという。日本軍はフィリピン人に対する医療支援なども行っていたことも知った。終戦間際、アメリカが再びフィリピンを奪い返しに日本軍に襲い掛かった。この時、日本軍はアメリカに何も残さぬために、フィリピン人を大量に虐殺したと教えられたが、実際には当時、日本から物資を輸送する船はことごとく沈められ、日本軍は大砲があっても弾がない、銃弾も全く足りていなかったのだ。つまり物質的にもフィリピン人の大虐殺は不可能であり、聞いたところによると本当はアメリカ軍の砲弾で多くのフィリピン人が命を落としたそうだ。それもそのはず、アメリカ軍は民間施設であろうが、日本軍がいそうなところは端から民間人もろとも破壊していったからだ。学校では習わなかった現実を知り、愕然とした。私はむしろ、勉強ができなくてよかったのかもしれない。もしかしたら、日本の教育は何かを隠そうとしているのかもしれない。

中国とフィリピンでの滞在を通して、私は真実を知るようになる。実際に憧れだった中国は貧富の格差が激しく、貧しい者には人権もないような状況であること。侵略した日本が嫌いなはずだと信じてきたフィリピンという国は、実は大変な親日国であるということ。なぜ私は間違った教育を受けてきたのか。この間違いに気づかせてくれたのは、日本を出て中国とフィリピンに赴く機会を得たためであった。この経験から得た知識を、私は人を守るために使いたい。私のように真実を教えられずに自分が生まれた国を嫌いになる人を、間違った知識から守りたい。そう思うようになった。学校教育で教えられてきたことを私はずっと鵜呑みにしてきた。

しかし得た情報は分析しなきゃただのゴミ。それが正しくない情報であれば、むしろゴミよりもたちが悪い。自分が生まれ、自分が育った国を好きになれず、どうやって自分を好きになれよう。自分を好きになれず、どうやって他人を好きになれよう。私は過去の自分を恥じたが、そんな過去は変えられない。しかし今と未来は変えられる。その覚悟しか過去の傷をいやすことはできない。過去の自分との和解こそが未来の自分との協力なのだ。そう思わなければならないほど、大きな衝撃を受けたのだった。日本人の私が日本に関しての正しい知識を得るため、行き先は海外だ。教科書にない真実を知らなければ、今後も恥をさらし続けることになる。行こう。意識が行動を、行動が未来を創るのだから。

『普通』という主観的基準の打破

大学3年生の夏、私は二度目の留学先としてベラルーシ行きが決まっていた。学期は10月からであったが、一度目の留学のために貯めたお金が残っており、その後肉体労働で稼いだお金もあり、7月末にヨーロッパに行く計画を立てた。

ヨーロッパ旅行計画を立て始めるにあたり、念のため同行したい人を募ったところ四人の後輩が集まった。心理学を学ぶ榎本と木本、美術を学ぶ安藤と山下である。女性ばかりの四人は当時大学1年生。当初は男子学生の後輩も一人いたが、留学先の関係で直前に参加できなくなっていた。

参加にあたり、一つだけ条件をつけた。それは私が立てる旅行計画を丸のみにするのではなく、皆が計画段階から関わること。最終的にルートとしてイギリスから始まり、フランス、モナコ、イタリア、バチカン、オーストリア、ドイツ、ベルギーに決まった。回り方も皆で決め、最後はフランスに戻ってパリで解散することになった。毎日のように大学の食堂に集まり、計画を話し合ったが、皆毎回とても楽しそうであった。大学入学後、いきなりヨーロッパ横断旅行なんて難しいと思うだろう。彼女たちの両親もよく許してくれたものだ。しかし楽しんで取り組む人に、難しいという言葉は必要ない。

7月末、私たちはオランダを経由し最初の訪問地ロンドンへ。これから1年ヨーロッパに滞在する私のスーツケースより3週間旅行する彼女たちのスーツケースの方が大きい。どちらが非常識なのか言い争いになったが、結局は数の力で私が負けた。私が男一人ということも初めは気にしていた彼女たち。数日後にはもうどうでもよくなったのだろうか。イタリアのホステルでは部屋に干してあった彼女たちの下着から水が垂れていたので勝手にしぼったのだが、彼女たちは気にせずトランプを切りながら私にこう言った。

「先輩、ありがとう！　腕力強いんだからそっちのもお願い。でも強く絞りすぎてやぶらないでね」

私はやぶらないよう、下着数枚をタオルに包んで足で踏みながら、男性として見られていないことに多少のショックを受けた。

旅行を通して彼女たちは本当にたくましく成長していった。ロンドンにいたころはホステルに湯舟がないことにショックを受け、「日本では普通どこにでもあるのに！」と文句を言いながらシャワーを浴びていた。その後簡易的なシャワーを浴びた後、何とかなったことに感動した榎本から記念写真を撮るように促された。しかしいつの間にか、線路にそのまま便を落とすような列車のトイレに対しても文句を言わなくなった。つまり日本では考えられない非常識に日々触れることで、彼女たちの普通の基準が変わっていったのだ。普通という基準は通常、言った本人の基準に過ぎない。「2駅あるなら普通地下鉄で行くでしょ」という基準も、よく歩く国の国民から言わせれば、「2駅ぐらいなら普通歩くでしょ」となる。

そんな中、一晩にしてたくましくなった日があった。パリからモナコへ移動する電車の都合上、朝着く計画であったモナコに、前の晩に着いてしまった。駅から少し海の方に降りたところにあるベンチに行き、皆にこう言った。「今日はここで寝よう」もちろん駅で宿泊先を聞いたが知らないと言われ、観光案内所もすでに閉まっていた。当時の主流はスマホではなくガラケー。アプリを使って検索するなんて発想さえない。私が初めて自分の携帯を手にしたのも大学1年生の時というほどだ。駅の近くでホテルを探したが見つからず、私は野宿を決めたのだった。彼女たちは泥棒が来ないか、警察が来ないかと心配していたが、私は真っ先に地面で寝てしまった。そのまま朝までぐっすり眠った。鳥の声に起こされるとすでに何人かは起きていた。ほとんど寝むれなかったか悪夢にうなされたかどちらかだという人ばかりだった。その後泊ったフィレンツェのホテルはぼろぼろで、エレベーターがないため3階までスーツケースを運ぶことになったが、野宿ではないという事だけで皆とても幸せそうだった。フィレンツェはあまり治安もよくないので、野宿したのがモナコでまだよかった。

バチカンでは安藤と山下がとても感動し、バチカン人と結婚してここに住みたいと言い始めた。ドイツのノイシュバンシュタイン城では、榎本が将来はこんなお城で住みたいと言い具体的な計画まで立て始めた。そんな彼女らを「女子はみんなお姫様だな」なんて馬鹿にしていたが、逆に「先輩には夢がない」「美を感じないなんてかわいそうに」と総攻撃を受けた。ちなみに今はみな結婚し、それぞれの家庭を持っている。そこにはバチカンよりも素敵で、ノイシュバンシュタイン城に住むよりも幸せな家庭があることだろう。

3週間後、私たちはパリに戻った。彼女たちはそのまま数日パリを観光してから帰国するが、私は一足先にベラルーシへと向かう。8月末には行くと大学に伝えてあり、パリからベラルーシまで電車で移動すると4日はかかるからだ。私が荷物をまとめ部屋を出る時、彼女たちはドアの前で私を止めた。電車に遅れるよとせかすと、突然彼女たちは私に訪れた全ての国のポストカードを見せた。裏にはびっしりと私へのメッセージが書かれている。3週間、一度も涙を流さなかった私もついにこらえきれなくなってしまった。3週間寝ても起きても時間を共に過ごしてきた四人と、今後1年は会えない。ここからベラルーシまでは私一人である。もちろん一人でもある程度は楽しめるが、一人の幸せは一時、共感できる幸せは一生である。実際に私の思い出に強く残っている旅行は一人旅よりも喧嘩があっても誰かと共にした旅である。何よりも今回はパックツアーではなく、自分たちでゼロから作り上げた旅である。感動はするよりも作り出したほうが価値がある。そして私たちは本気で楽しんだ者へのプレゼントとして最高の思い出を手に入れた。一人で見る夢は想像、二人で見る夢は現実、そしてみんなで見る夢は共感の涙を生むものだ。

ベラルーシ留学中にも何度か旅行した。国境で入国を拒否されたことも2回ある。共に深夜で、悔し涙が周りに見られないだけまだよかった。ベラルーシではお金を使うことはほとんどなかったが、旅行にもあまり出費はなかった。お金は使えばなくなるが、脳は使えば強くなる。旅行をすればするほど私はお金をかけない旅行の術を学んでいった。

留学中、男友だち三人で行ったトルコでは何度か詐欺にあいそうになった。実際にお金を取られたことも一度ある。公園のベンチに座っているときに靴磨き職人かと思われる男性が、私たちの前でブラシを落とした。私はすぐにそれを拾い上げ、彼を呼び止める。すると彼は私たちに駆け寄るとブラシは職人にとっての命だと感謝しながら私たちの手を握る。そのままお礼をしたいからと私たちの靴を磨き始めた。ちなみに私が履いていたのは、その半月後に中国で履き捨てなければならなかったほどのぼろぼろのスニーカー。靴を磨きながら彼は、息子が病院にいるだの妻が病気だの借金に困っているなどさんざん同情誘い、最後に足を掴んだまま私を見上げてこう言った。「少しお金を分けてくれませんか？」私は完全に話を信じ、少しだけならと財布を開いた。そこにはいくつかの国の紙幣が混ざって入っていたのだが、彼はそれを見るなり紙幣を５、６枚を鷲掴みにし、ブラシや道具箱には目もくれず逃げ出した。私はすぐに彼を追いかけ、３メートルも行く前に捕まえる。近くで一部始終を見ていたトルコ人から「靴磨き詐欺はよくあるから気をつけなさい」と言われたが、それどころではない。横にいた友人はぶるぶる震えている。恐怖で体が動かなくなるとはまさにこういうことだろう。私は叫びながら反射的に出てしまった柔道技で彼を取り押さえ、ポケットにしまい込まれていた紙幣を全て取り返した。海の写真を撮りに行っていて、その場にいなかった別の友人がやってきて、「あ、やられたの？」と聞く。どうやら彼も海の近くで別の靴磨き詐欺にあいそうになり、蹴り飛ばしてきたそうだ。彼もずいぶん肝が据わっている。体は私より大きく、180センチ以上もある彼をだまそうと思った詐欺師を哀れにさえ思う。しかし実際に一番苦しんだのは私をだまそうとした詐欺師だった。旅行中の出費には1円単位で管理していた私は、詐欺師を取り押さえた際に1ドルほど多めに取り返してしまったことに後で気づく。ほぼ同額のアイスを買い、それは旅行経費としての計算に入れなかった。

ヨーロッパから帰国後1年で大学を卒業。その後もともとはアメリカの大学院に入学する計画であった。アメリカでお世話になった先生のアドバイスで、具体的に二つの大学まで絞り込んでいた。しかし私はどちらの道にも進まなかった。ヨーロッパを旅行する中でベラルーシの隣国ポーランドには何度か足を運び、そこで国際学を英語で安く学べる大学院に出会ったためだ。ポーランド語の独学を始めたのもその頃だ。ベラルーシ留学をしなければ、欧州旅行をしなければ、これは私の選択肢として浮かび上がってこなかっただろう。人生とは自分探しの旅ではなく自分作りの旅である。多くの異文化の中に身を置き続けると視野が広がっていく。視野が広がると、新たな可能性も見えるようになる。これだから異文化理解はやめられない。これだからまた海外に出たくなる。

第2章

留学の意義

第1章では自分自身の恥を晒すことで異文化理解について考えたが、ここからは恥に学んでいきたい。私は20代に三度留学している。大学在学中に派遣していただいたアメリカでの半年、ベラルーシでの1年、その後大学院として選んだポーランドでの2年間である。一見すると、特に関連のない国々をまるでスタンプラリーのように回っているのではないかという印象を受けるだろう。しかしアメリカに行ったことでベラルーシ留学につながり、ベラルーシでの経験があったからこそポーランドへと歩むことになる。当たり前であるが海外では日本の常識はたいていの場合通用しない。日本でできたことができない。日本で買えたものが買えない。海外では、ないものを数えることは無意味であり、あるものでできることをするのが賢明な生き方である。

10代の私は天下一品のできそこないだった。親も先生も勉学において私ができないことを数え始めたらきりがなく、慰めとして、できないけれど他の分野に比べたらまだましであることを探し励ましてくれた。「やればできるのにやらないから」という言葉を何度聞いたことだろう。実際にやらなかったのだから文句は言えぬ。

はっきり言おう。私の人生は落ちこぼれの逆襲だ。10代では頭を作らず体を作った。そして20代では体力にものを言わせ肉体労働でがっぽり稼ぐと旅行を繰り返した。頭が悪い分深く考える習慣がなく、結果として向こう見ずで行動することが多い。こちらも『決断が早い』

と無理やりいいように解釈しているため今でも改善は見られない。しかしこと留学に限っては悪いことばかりでもない。すぐに決断しない人は同時に、後回しにするという決断を下していることになる。結果としてチャンスを失うことも多い。チャンスの『チ』が見えたら掴み取らなければならない。『ヤ』が見えてからではもう遅い。中には『ス』が見えてからもそれがチャンスであると気づかない人もいる。たとえ悪い決断をしたとしても、それは経験として残る。しかし決断しなければ経験さえ得られない。留学、それは自分を高められるチャンスだ。

幻に終わった留学

高校時代に学習指導要領を盾に難癖をつけてロシア語を勉強していたことは前に記した通りだ。その頃はベラルーシ国立大学に正規入学する計画だった。実際にベラルーシの首都にあるミンスク国立言語大学で日本語を教えていらっしゃった先生とやり取りをし、入学方法などの情報を収集した。高校の進路担当の先生にも相談したが、「せめてセンター試験は受けるように」というアドバイスをいただいた。高校のセンター試験受験率を上げるためだ。

ビザなどについて情報を集めていく中で、ある日外務省に電話したことがあった。自身の計画を伝えアドバイスを仰いだが、担当者から「それは文部科学省の管轄です」と言われ、受話器を下した手をそのまま離さず文部科学省に電話。今度は「外務省に聞いてください」と言われたため高校生なりに怒りをぶつけると、後日折り返しの電話をいただいた。そこで「ベラルーシでの学位は日本では認められないかもしれません。つまり学位を取っても日本に帰国したら高卒ということになります」と告げられる。私は唖然とした。留学はしたかったが完全移住までは考えておらず、その日は一日中不安で眠れなかった。翌日、両親とも相談し、日本の大学在学中に1年だけでも留学することにして、とりあえずは日本の大学を目指すということになった。こうして私はロシア語の勉強を一時中断し、自分の無力にさいなまれながらも、日本の教育システムという船に再乗船することとなる。しかし乗ってみると周りの友人たちは船の先端にいるのに、私はかろうじて後部にしがみついている状態だった。高校卒業までに先端まで行くことはできず、結果として浪人という新しい経験を手に入れることができた。

自由の国アメリカ

大学に入学してから、私は英語を使う機会をハイエナが肉を探すかのごとく求め続けた。そのため大学では留学生とほぼ毎日一緒に過ごしていた。中には日本語が話せない留学生も多く、彼らとの関わりが私にとっての居場所となっていった。いつの間にかベラルーシ留学は頭の片隅に追いやられ、アメリカ留学試験を受けることが第一の目標となっていった。私の大学はネブラスカ大学と提携を結んでおり、毎年数人が選抜されて送られていた。英語関係の本も随分購入した。当時流行っていたのは『聞くだけで話せるようになる！』といった類の本で、それならばと何冊も購入したが、役に立ったと思う本は残念ながら1冊もない。よく考えてみれば当たり前である。話せるようになるには話す練習が必要であり、聞くだけで話せるようになるわけがない。赤ちゃんだって聞くだけでは話せるようにはならない。うまく動かない舌を動かし、喃語を発する時期を経て徐々に話せるようになっていく。自転車だっていくら見たり読んだりしたって乗れるようにはならない。補助輪をつけたりペダルの踏み方を習ったりと具体的に乗る練習をするから乗れるようになるのだ。当たり前のことなのに、なぜ英語だけ『聞くだけで話せるようになる』のだろう。実際、１０冊の本で学ぶより、一時間留学生たちと英語で議論したほうがずっと勉強になった。しかし結局はお守りのように、英語習得の本はよく買っていた。よく通訳も頼まれた。そんなときにはバイトを休んででも駆け付けた。通訳をしながらその難しさ、楽しさを学んだ。ある日イラクから帰国した米兵のスピーチの通訳を依頼された。その時いくら英語力を高めても、一字一句間違いなく訳してもいい通訳者にはなれないと知った。例えば『太平洋に浮かぶ島ハワイ』という表現は日本語でよく使われるが、それをそのまま『浮かぶ』と訳すともちろん英語では不自然な文になってしまう。いい通訳かどうかは英語力以上に柔軟性や言語運用力が必要だということだ。

アメリカ留学を考え、大学1年時に78単位とできるだけ多くの単位を取得した。とにかく時間に追われず、逆に時間を追っていた。そしてついに迎えた留学試験。第一次選考は国際センターにて、第二次は教育学部にて行われた。周りには留学しようか迷っていた友人たちも多い。話すと就活との兼ね合い、金銭的な問題、アパートの引き払いなど問題は人にもよるが多岐に渡っていた。しかし問題を認識しているにも関わらず、それを問題として語ることで終わっている友人も多かった。成長したいなら悩みながら動かなければならない。動かず悩むから答えが見いだせない。私もよく悩んでいたが、そもそも悩む前に悩むべきかを考えたとき、大抵の場合そうではないとの結論が出た。

私がアメリカに滞在したのは2007年の3月から8月である。3月中は猛吹雪で、大学に行く視界が遮られるほどだった。晴れた日に、私が歩いていた道はゴルフ場であることを知る。通学中には時たまボールが飛んできた。しばらくしてどこかのゴルフ場でボールが頭に当たって亡くなったというニュースがあった。その後は特に気を付けて横切るようになった。大学では集中英語コースに通っており、宿題の量も多かった。毎朝図書館に籠って勉強し、夜も家で机に向かう。しかし毎週木曜日には授業が終わってから子ども博物館のボランティアスタッフとして働き、土曜日には日本語補習校でのボランティア、日曜日には教会に通ってキリスト教の勉強をした。ちなみに私はキリスト教徒ではないが、幼稚園がカトリック系であったためかキリスト教をはじめ宗教には昔から関心が強い。金曜日は毎週ゲイクラブに通って踊っていた。金曜日は割引日だったのだ。もちろん毎回男性から口説かれた。私にはＬＧＢＴ（同性愛者）の友人もいるが、私自身は女性に関心がある。そんな私が圧倒的少数派という世界もゲイクラブでのみ経験できる新しい世界だった。

日本語のクラスでのアシスタントも週に２回行っていた。日本の大学でアシスタントをしていた時は直接法（日本語を日本語で教える教授法）を学んだが、アメリカでは関節法（媒体言語を用いて日本語を教える教授法）に触れ、この時の経験が、その後私が日本語教師となってから大いに役立つこととなる。ネブラスカ大学には日本の大学などからよく短期スタディーツアーが来ていた。私はツアーを担当してた教授に参加させてくれるように依頼した。しかしボランティアはアメリカ人だけで日本人は必要ないとばっさり。理由は日本人学生たちは英語を勉強しに来るからとのこと。であれば、私も英語だけ話せばいいということですよね、と伝えたが初日の交渉は「ノー」の一点張りだった。翌日、私は親しい先生に協力を依頼し、改めて担当教授の部屋を訪れた。教授からは「あなたが日本人だから、日本人留学生は何か聞きたいとき日本語に逃げちゃうでしょう。それは好ましくない」と言われた。しかしその日、私は対案を持ってきていた。それは「タイ人留学生として偽名を名乗り参加する」という案だった。「で、名前はどうすんの？」「リオ・サマートにします」サマートさんはアメリカに来る前日本でよく遊んでいたタイ人留学生の名前だ。その後いくつかの質問をされた後、日本人の痕跡を全て消すという条件で参加を許可された。最後に教授は「やるからには大学も全面的に協力する」と初めて笑顔を見せた。日本人の痕跡を消すため、私は英語の教科書に書いてある名前などを全て書き換えた。日本語のキーボードがあるパソコンや電子辞書は大学に持参せず、アメリカ人ボランティアたちには個別に説明して回った。その後、日本から来た二つのスタディーツアーに参加し、大学は私の分も食費や交通費を出してくれただけでなく、学長の前でも私をタイ人のサマートだと紹介した。大学までぐるになると流石に誰も私がタイ人であると疑わなかった。最終日には修了書授与式があり、そこでは私に本名で感謝状を出したいからということで、その前にネタばらしをするよう要請された。私は英語でスピーチを始める「みなさんは明後日帰国しますね。私も8月に帰国します。しかしそれはタイではなく、みなさんと同じ国です」と、そこまで言ったところでアメリカ人ボランティアのダイアナがカメラを私に向けながら「日本語で！」と叫ぶ。その後、日本語を話し始めたが悲鳴でしばらくスピーチは中断。泣き出してしまう学生もおり、私は正直罪悪感を覚えた。その日、私の名前は『サマート』から『嘘つき』へと変わった。この経験は私のアメリカ留学の中で一番の思い出だと言っていい。言語を習得することは新しい自分を発見すること。英語を通して私はゲイクラブで踊る自分に出会い、日本語を教える自分に出会い、そしてタイ人として大学公認で人を騙す自分にも出会った。私が日本人だと分かると、日本人学生たちは私に日本語で話し始めた。その時から私はある違和感を覚えていた。今まで私のことは『リオ』または『You』と呼んでいた学生たちが、突然日本語では敬語になったのである。英語では年上の相手や先生に対して『You』と呼んでもなんら違和感はない。しかし辞書通りに『You』をそのまま『あなた』や『君』に置き換えて日本語で話すと不適切となる。今まで英語ではため口で親しかった日本人学生たちが日本語の敬語で話し始めたことで、どこか距離が開いてしまったような気がした。日本人はよそよそしいと言われることがあるが、私はそれは言葉にも理由があると知った。実際には、『日本人＝よそよそしい』のではなく、言語文化の差も一因なのだ。

夏、アジアから来ていた友人たちと、ネブラスカの北にあるサウスダコタ州に旅行に行く計画を立てた。車社会のアメリカでは、日本のように電車やバスで旅行するということは初めからほぼ選択肢にない。大学に車で通っている留学生も多く、韓国人のジュンもその一人だった。ある日、彼はこういった。「旅行するにあたり運転手が数人必要だからお前も免許を取れ」。車で片道9時間という道のりであり、ジュン一人に運転を任せるのは申し訳なく、私は深く考えずに首を縦に振った。

翌日、授業が終わってからジュンが早速、運転免許センターに行こうと言い、彼に連れられ大学の駐車場へ。助手席に乗ろうとすると彼が一言、「どこ行くの？　こっちでしょ？」と、免許を取るため人生初の左ハンドルで、私は免許センターまで運転した。場所は北オマハ。初めてこの地区に足を踏み入れたが、大学がある地域とは全く雰囲気が違う。家も貧しく、道もところどころ舗装されておらず、運転も荒い。住民は黒人がほとんどだ。この地区では平均すると一日に1回銃声が鳴ると言われており、一人では行くなと大学からも注意されていた。そのため運転免許を取得することにならなければ、私も恐らく来ることはなかっただろう。ちなみにアメリカは人種のサラダボールと言われるように、さまざまな人種の人たちが『共存』していると信じてきた。しかし私はそれが真実ではないと免許取得をきっかけに知ることとなる。北オマハは貧しく黒人中心、南オマハはヒスパニック系が多く、英語はほとんど通じない。西オマハは金持ちが多く、多くの家はプールやテニスコート付きだった。ここまではっきり分かれているとは想像もしておらず、改めて多民族国家の理想と現実の差に私は愕然とした。運転免許センターでは筆記試験を受けた後、実技試験が待っていた。試験官がこう聞く。「車は？」免許センターなのに試験用の車両もないなんて！　私はいらいらしながらジュンのもとに行き、「今日は車がなくてだめだった」と告げた。まだ試験もしていないのに何があったんだとジュンに尋問される。事情を説明するとジュンは笑って「なんのためにここまで運転してきたと思ってんの？」と言う。なるほど。そういうことか。ジュンは私に鍵を渡し忘れていたことを思い出し、お守りを渡すかのように鍵を差し出した。私は試験官のもとに戻り、駐車場へ。試験はいたって簡単だった。進む。脇に寄せてハザードランプをつける。最後に駐車。１０分もからず私は免許センターに戻り、２４ドル払って免許証が発行された。それ以降、私は免許を携帯し、パスポートを絶えず身につけておく必要がなくなった。ゲイクラブへの入場にも免許証があれば問題ない。もちろんサウスダコタへの旅行も楽しめた。

留学中にはユタ州ソルトレークにも遊びに行った。友人の家にホームステイ。日曜日には家族が教会へと連れて行ってくれた。ちなみにユタ州はモルモン教の聖地で、ユタ州へ行った一番の目的は宗教を学ぶことだった。そのため家庭でもモルモン教について教えていただき、友人が通っていた高校にもイエローバスで同行し、宗教の授業を受けた。熱心に色々と質問すると、宗教の先生は私を別室に連れて行き、モルモン教についての動画を見せてくれた。宗教は互いにいがみ合うのではなく、違いを認め合い、同時にお互いのよきところを認め合うことでしか宗教対立を解決する道はない。モルモン教を異端とするアメリカ人も多いが、モルモン教が重視している家族愛の見方は大変勉強になった。アメリカではキリスト教原理主義の人たちにも会った。私がイスラム系の留学生たちと話していると突然部屋に入ってきて、私たちがどんな宗教を信じているのかを聞いた。友人たちがイスラム教だと答えると、それはおかしいといって話し始めた。彼らはこう言う。

「あなたたちは今中東ではなくキリスト教の国アメリカにいる。だからキリスト教に改宗すべきだ」

私は驚いて反論した。

「ではあなたたちが中東に行ったら、逆にキリスト教を捨てるということですね?」

彼らはこんなに素晴らしいアメリカから離れることはないから、そんなことは議論する価値もないと言い放った。ここまで原理主義になると危険と言わざるを得ないが、そういった人たちがいる世界に生きていることもまた我々は認識しなくてはならない。

帰国してからは、今まで以上に留学生とのつながりが強くなった。新学期になると、大学には世界中から新しい留学生たちが来ている。留学先で自分が楽しませてもらった分、今度は私が彼らに日本を楽しんでもらいたい。その想いから『LOVE (Lingistic Oppotunities for

Valuable Exchange：充実した交流のための言語機会）』というサークルを立ち上げた。このサークルは日本人代表として私が、そして留学生代表としてポーランドから来ていたモニカという留学生が入った。モニカとはその1年間よき友達であり、約2年後にポーランドで再会。それから遠距離で付き合い始め、現在は私の妻である。

留学生の中にはアメリカでもよく遊んでいたダイアナが、今度は逆に日本に留学で来ていた。冬に長野の実家に１０人留学生たちを連れて行ったときも、夏に富士山登山をしたときにも一緒だった。しかしその二つの旅行の間に大喧嘩をしたことがある。それは春に数人で広島へ旅行に行った時だ。彼女は宿泊手配担当、私は青春１８きっぷ購入（電車の格安切符）などルート担当だった。鈍行電車では、静岡を朝出ると広島には夜着く。そのため初日はそのままホステルへ行くのだが、受付でダイアナが予約したのは女性専用部屋のみだったことが判明。ダイアナは明らかに自分の非に気づいていたが、私が話し始める前に「そっか、残念。じゃあまた明日」と短くあいさつをして走るように中に入ってしまった。広島には友人も多く、事前に泊まってもいいよと言ってくれた人もいた。それを断ったにも関わらず、私はホステルの宿泊も当日になって断られた。当時はガラケーの時代。スマホで別の宿泊先を探すなんていう便利さはない。それだけではなく、一日充電されていなかった携帯はすでにバッテリーが切れていた。私は広島市内を歩き宿泊先を探す。一緒に来ていた別の友人も自分の宿泊先に向かい私は一人である。地下道への入り口も閉まっており野宿を考え始めたころ、用を足したくなった。コンビニに入ったが、こんな時に限ってトイレには人が並んでいる。繁華街で立小便するわけにもいかず、私は近くにあったオフィスに入った。その一階に便所を見つけ用を足すが、ほっとするのもつかのま。ズズズズ…ガシャンという音。明らかにシャッターが閉まった音だった。慌ててトイレの外に出ると、外から誰かが鍵をかける音がした。閉じ込めらた…。オフィスには階段を上ったところに窓があったが、半開き式で外に出られない。携帯の電池もなく連絡しようもない。明日の朝、見つかれば不法侵入で逮捕されるかもしれない。私は仕方なく、和式便器がある個室に隠れ、そこで丸くなって寝ることにした。その日は金曜日。土日休みで翌週の月曜日までこのままだったらと思うと余計にダイアナに対して腹が立った。彼女に後で送りつけてやろうと便器の写真をカメラで撮った。しかしよく考えてみればホステルの予約は彼女のミスだが、ここに閉じ込められたのは明らかに私の不手際である。野宿よりも臭かったが、少なくとも温かい環境で眠れたことは不幸中の幸いだった。私は朝までコバンザメのように爆睡した。悲観的な一日は一週間の肉体労働よりも私を弱らせる。

翌朝、ドアに耳をあて、土曜日が休業日でないことを祈りながら、シャッターが開く音を待った。カメラの時計を見ると朝7時を過ぎていた。ズズズズ。昨晩私を閉じ込めたのと同じ音がした。今回は解放の音である。すぐに出ては見つかってしまうため、音がやんでから頭の中で出勤者が歩いて入る様子を想像した。その影が２階まで登った様子を頭の中で描き終わってから、私は静かにドアを開けた。ここまでくれば見つかってても「今ちょうど迷ってしまって」と言い訳が作れると思いながら外に出た。朝日を浴び、私は深呼吸をした。自由とはなんと素晴らしいことか。さて、朝ごはんだ。喫茶店を探すが、基準は携帯が充電できることである。朝ごはんとしてクロワッサンを食べ、充電するため紅茶を３０分かけて飲んだ。朝食後、カープスタジオの前にダイアナを呼び出す。会うなり周りに気を遣わず彼女に激怒。しかし彼女は予想通り謝らず、意味の分からぬ言い訳ばかり。最後には「じゃあ自分で予約すればよかったじゃん」とまで言い放った。私は怒りが頂点に達し、「もう勝手にしろ！」とだけ言い残してその場を去った。広島には数日滞在する予定で、宮島にも行く予定だった。私はそれを全てキャンセルし、一人で電車に飛び乗った。向かった先は京都。このまま帰宅しては私一人だけ旅行で楽しめなかったことになる。それだけは許せない。京都の友人に今日から数日泊めてくれとメールする。それと同時に別の友人たちにもメールを打っていた。相手はフランスからの留学生ロイックとロシアからの留学生アーニャ。彼らは日本で出会いその後付き合うようになり、春の京都に旅行で来ていた。恋愛経験が少ない私は、彼らがカップルであることに遠慮せず合流。彼らは嫌がるどころか喜んで私を迎え入れ、その後三人で京都を数日観光した。彼らのおかげで京都では本当に楽しい時間が過ごせた。昨日の件はあったが、くよくよ悩むほど人生は長くない。その後、1カ月以上ダイアナとは口を利かなかった。しかしある日、「まだ怒ってる?」とのメール。私は「別に」とだけ返事をし、その後はまた昔のような友だちに戻った。

欧州最後の独裁国家

アメリカには世界中から留学生が来ている。彼らと出会ったことで、価値観は大きく変わった。日本では英語が話せる人はすごいと言われる。それは実用的なレベルで英語ができる人がまだまだ少ないからだろう。しかしアメリカでは英語が公用語であり、英語ができることは朝に太陽が上がるのと同じように当たり前のことである。逆に英語ができないと広く社会参加することは難しく、スペイン語しか話せないヒスパニック系であれば、そのコミュニティから出ることは決して簡単ではない。日本で英語ができることがすごいなら、アメリカではどうなのか。将来アメリカで大学院に行くことを考えていた私は、ここで大成するには少なくとも三カ国語話せることが大きな利になると考えた。実際に私が出会ったＭＢＡを取っている留学生の多くは、英語、母国語、そしてもう一カ国語修得しているケースがほとんど。そこで私も次に修得すべき外国語を考え始め、必然的に世界の主要国として成長していた中国に目をつけた。

中国留学のための留学試験を受けよう。それはアメリカ留学中の決断だった。帰国後、留学の夢をかなえ目標なしになってしまえば私はどうせだめになる。夢のない人生は目的地のない旅の如し。夢を追いかけ続けなければ私は『兎と亀』の兎になってしまうだろう。

帰国後、大学の国際センターで帰国報告をする前に、中国留学について切り出した。派遣人数、派遣時期、寮生活などの話を聞いたあと、担当の方は私に一言こういった。

「そういえば坂本君がアメリカに行っている間にベラルーシとも提携を結んだんだけど」

「あ、ではそちらにします」

私は迷わずそう返事をした。中国にはベラルーシに行ってから次に留学すればいいや。

留学から戻ってきてまた留学だなんてどこからそんなお金がと思う人もいるだろう。実際お金はあった。それは稼いだ以上に使わなかったからという単純な理由からだ。バイトは長期、短期、単発でも稼げれば何でもやった。大学入学時からずっと家賃７００円の寮に住み、タバコや車、バイクにも興味はなかった。片道2時間以内なら雨が降っても自転車をこぐ。日本では生まれてこの方一度も床屋に行ったことがなく、伸びればバリカンで丸坊主というのはアメリカでも変わらなかった。

大学入学後、節約のため一日二食とし、それは30代になった今でも続いている。服も滅多に買わず、富士山もスニーカーで登り切った。そしてそもそも私はアルコール類を口にしない。こちらは節約というより酒に弱いだけだが。出さずに稼げばお金は溜まる。そして留学試験に合格すれば留学先の学費も免除され、休学中の大学にも学費を払う必要はない。

ベラルーシ留学は先例がないため、留学先のホメリ国立大学と直接連絡を取り合うしかなかった。ビザの取得基準もアメリカとは全く異なり、例えばＨＩＶ陰性であることを血液検査で証明しなくてはならない。ベラルーシでもっとも大きな社会問題はチェルノブイリではなくエイズだそうだ。アメリカのビザ申請では事前予約してから赤坂にある大使館に行き、簡単な英語面接も行われた。電話による問い合わせも有料で、繋がるまでに随分とステップがあり煩雑だ。ベラルーシ大使館は五反田にあり、外から見ると小さな一軒家。旗が見えたので、なんとか通り過ぎずに済んだほどだ。呼び鈴を鳴らすと中から大使館員がドアを開けてくれた。彼女は最初に不思議な目をして私に聞いた。

「なんでベラルーシなの？」私は事細かにいきさつを説明した。

「ホメリ州には日本人は誰も住んでいない。そんなところに留学なんて。実際は何しに行くの？」「本当の目的は？」

明らかにスパイだと疑われていた。

私はロシア語も再び勉強し始めた。広島事件の後、京都で合流したアーニャと、毎週言語交換を行い、彼女はこれで留学しても問題ないというところまで私の会話力を高めてくれた。アーニャも私がベラルーシに留学することを知ると、大使館員と同じ質問をした。ロシアならまだ分かるけど、なんであえて欧州最後の独裁国家ベラルーシなのか。日本人が住むような場所ではないとまで言われた。しかしたとえベラルーシが闇の世界だとしても、光が見たければまずは自分から闇に飛び込まなければならない。そしてアメリカや日本と言った民主主義があり、人権があり、自由がある先進国は世界から見たら少数だ。先進国ばかり見て世界を知った気になるなんて虫が良すぎる。だからあえて真逆の社会システムを持った国に私は行くべきであると考えていた。

ベラルーシ留学は初日から派手に転んだ。ワルシャワから電車で3時間、ポーランド側の国境の町テレスポールにたどり着くまでは順調だった。しかし、そこで国境を超える電車に乗り遅れたのだ。３０分前にホームに行き審査を受けなければならないそうだが、そんな話は聞いていない。私が２０分前にホームに向かったところ、もう無理だの一点張りで、私は行き場を失った。電車は一日に数本しかなく、次の電車は翌朝だ。ベラルーシは川の向こうで、歩いても行けるほどの距離なのに、国境はまるでその景色を隠すように立ちはだかった。テレスポールという6千人もいない小さな町ではホテルを見つけることもできず、結局その日は駅のベンチで寝た。一晩中2匹の野良犬が私の近くで寝ていたことがせめてもの救いだったが、犬にまで同情されている哀れな人間なのだろうかとも思った。大学には一日遅れで到着し、まずは寮に連れていかれた。

10月から新学期が始まるため、他の留学生はまだ来ていないのだろう。寮の中を歩いても誰もいない。しかし、1カ月後に気づいたことだが、実は私が入れられたのは留学生寮ではなく、教員住宅であったのだ。私は他の留学生と同じ生活がしたかったのだが、隔離された理由は「日本人だから」とのこと。ただ、留学生寮はずいぶんと色々な問題があり、私は留学生達からよくうらやましがられた。ただ教員住宅だといっても、私が住んでいた日本の寮に比べるととても不便だ。洗濯機はなく毎回手洗い。シャワーを浴びながら洗濯物を踏み洗いする。水の質は大変悪く、濁っている。いくら頭を洗ってもふけが出るので友人に聞いたら、それは水のせいだから問題ないと言われた。・・・それが問題なのだが。結局私は真冬でも丸坊主にしていた。輸入品のバリカンは高いので文具店で鋏を買って自分で切った。

水が濁っているのだからお茶をいれても味が悪い。テレビはあったが色も音もなく、つけても大統領の動向ばかり。冬は窓やドアの間から寒気が入ってくる。私は寮母さんから毛布を2枚借り、窓の隙間にはセロハンテープを貼った。日本の大学には毎月レポートを出すことになっていたが、インターネットもないため出そうにも出せなく、大学にも家族にも無事に到着したことさえ報告できない。国際部に行って日本と連絡を取りたいと言うと、電話ができるとしたら街にある一番大きなホテルだと言われた。しかし結局、そこでもさすがに日本への電話はできないと言われた。

想定外の不便な生活に私は満足していた。まさにこのような、ないない尽くしの生活をしたくてここに来た。ウイルスへの抗体を持つために体を強くするように、ストレスへの抗体を持つためには心を強くすること。ベラルーシの人々にとって当たり前のことが、私にとっては不便に感じる。それは今まで私が先進国で享受してきた豊かさが当たり前ではないと強制的に気づかせてくれる。日本ではできないような不便な生活に自分を追い込むと、何ができないかではなく何ができるかで考えられるようになる。

９月中はとにかく家に籠り、ロシア語習得のために時間に投資した。株への投資は経済次第。しかし自己への投資は必ず実る。１年滞在するので最初の半年は猛勉強、あとの半年は猛遊びという計画だった。インターネットがないのでＤＶＤを数枚購入し、台詞を覚えるまで何度も見た。大事な表現はノートに書き写し、繰り返し読み上げた。それも寂しさをかき消すために大声で。

３週間後輩たちとヨーロッパを旅行してから、１カ月一人で教員住宅に、ある意味閉じ込められていた自分。あの時の１カ月ほど集中的にロシア語を学んだことはなく、今後も恐らくないだろう。

１０月、ついにロシア語のコースが始まった。先生の名前はオルガ・ペトロブナ。何年もロシア語を教えているベテランだ。授業の初めに「ロシア語を今まで勉強したことは？」と聞かれた。私は久しぶりに人と会って話す嬉しさで、ダムが決壊したかのように話し続けた。しばらく黙って聞いていた先生がついに口を開く。

「なんでここにいるの？」

こっちの人は物を言う時本当にストレートだ。そのまま先生は私を大学の国際部に連れて行くと、部長にこう言った。

「この人は今日でロシア語のコースは卒業とします。明日からは学部の授業に行くよう手配してください」

私はそんなの聞いてないと抗議したが、先生はロシア語のクラスに私の居場所はないと言う。国際部の先生方も、既にロシア語で議論ができるのに、なぜロシア語コースに行きたいのか理解できないと言い、両手を上に挙げる私が大嫌いなジェスチャー。しかし私は自分のロシア語が十分だと思っておらず、他の留学生とも関係作りをしたい。しばらく議論が続いたが、両方行くという提案が最終的に受け入れられた。先生方が首を縦に振った勢いで授業料についても交渉し、学部の授業もロシア語の授業も特別に両方授業料を免除してもらった。ちなみに寮費も無料《ただ》にしてもらい、私がベラルーシ留学のために貯めたお金もほとんど使い先がなくなった。

ロシア語のコースはアルファベットの音読から始まった。もちろん簡単ではあったが、私にとっては日々の楽しみだった。私は経済学部に所属していたが、授業で分からないことがあったり、発表を担当することになった時には、ロシア語のクラスで先生が助けてくれた。その点でもロシア語の授業と学部の両方に行くメリットを感じていた。

ロシア語のクラスには中国、シリア、トルクメニスタン、インド、スリランカなどからの留学生がいた。ちなみに彼らは短期留学ではなく、正規入学前に1年間ロシア語集中コースに通っていた。それぞれの国によってベラルーシに来た理由は異なる。中国からの場合、ベラルーシに来る理由はたいてい『学位を買う』ためであった。彼らは中国での受験に失敗したが、親が金持ちであり、金を出せば学位をくれるベラルーシに留学。その学位を持って中国で親の仕事を継ぐというのが通常コース。そのため彼らの大多数は全く勉強しない。

ある日、国際部にいる時に中国から入学に関する問い合わせがあり、部長は電話口で「その留学生は勉強しに来ますか？　それとも学位を買いに来ますか？」とマニュアル通りの対応をしていた。お金を出せばレポートは出さなくてよく、試験も賄賂でいくらでもパスできる。結果として5年間遊びほうけ、ロシア語もろくに話せず帰国する。そのためベラルーシ人の中国人に対するイメージはあまりよくない。シリアからの場合は多くが医学部入学を希望している。シリアよりも入学基準が低く、ベラルーシ側としても外貨が入るので喜んで受け入れている。彼らは1年である程度ロシア語が話せるようになる。トルクメニスタンに関しては母国での大学進学が難しく、同じ旧ソ連圏のベラルーシにやってくる。中国人留学生と違うのは、彼らは幼い時からロシア語に触れる機会が多く、大学での成績も優秀なことだ。例えば、マアラという学生はアメリカに留学する試験に受かったが、資金が足りずにベラルーシに来ていた。彼女はもちろん英語もペラペラだった。しかし独裁国家のトルクメニスタンは物価が大変安い一方、生活水準はそれ相応に低い。

ある日、トルクメニスタンの男子学生数人が私の部屋に遊びに来た。彼らは私のパソコンを見て、まず初めに電源のつけ方を聞いた。学生の一人、バランによると彼の町にはパソコンが3台しかないそうだ。そのため、彼らにとってはパソコンを生で見るのが初めてだったのだ。私のデジタルカメラを見たときも感動していた。翌日、私がデジタルカメラを持っていると留学生の間で話題になり、名前もどこ出身かも分からぬ留学生がいきなり訪ねて来て、デジタルカメラを見せてほしいと言ってきたほどだ。私は今までのようにカメラを首からぶら下げて歩くのは危険だと悟った。

その後もトルクメニスタンからの留学生たちとは仲良くし、よく授業後にはレスリング教室に行っていた。ただ、トルクメニスタンと中国の留学生の仲はあまりよくなかった。第一、言葉か通じないんじゃやひとたび誤解が生まれると悪化の一途をたどる。ある日、数人のトルクメニスタン人留学生が私のところに飛び込んできて、寮にいる中国人留学生が外にいた猫を捕まえて鍋にしたと叫ぶ。そして、あいつらとはもう同じ屋根の下に住めないと訴えた。私は「お前らが食べられなかっただけまだましだ」というと、それもそうだと言ってようやく笑顔を見せた。

私が隔離保護されていた教員住宅には部屋が二つあった。私以外に誰も来ることはないから自由に使うようにということで電子コンロを買い、そのうち一つをキッチンとして利用していた。しかしある日、私が帰宅するとドアが開いており中に国際部のスタッフと中国から来た留学生がいた。彼はジャンと名乗った。スタッフは「ずっと一人のはずだったけどごめんね。同じアジア人同士仲良くやってね」と言うと、そそくさと出ていってしまった。私は押し付けられた形だが、その後、数日間はスーパーや公園に連れていくなど彼の世話をした。ただひとつだけ大きな問題があった。なんと彼は英語もロシア語もできなかったのだ。基本的には、筆談と私の拙い中国語や中露辞書が通信手段であった。しばらく付き合っていくとジャンにはさらに問題があることに気づいた。どうやら実家は大金持ちで、将来は中国の大学で数学の教授になることが約束されているらしい。そのため他の中国人留学生を見下し、中国人たちでさえ彼とは付き合わなかった。さらには大の女好き。ジャンは私にベラルーシの女性を紹介するように何度も迫ってきた。私が家を出ると散歩に行くのかと聞き、そうだと答えると女性も一緒かというのがいつものパターンだった。十中八九、トルクメニスタンの友人たちとレスリングに行っていたのだがあるとき、一度だけどうしてもというので散歩についてきたことがある。その日、私は英語学科の女学生達に英語での散歩に誘われていた。私は練習相手だと分かっていながら、私もたまに英語を話したくなり、そんな誘いも受けた。しかしその散歩で私は彼から何度も筆談通訳を頼まれたが全て断った。それ以降、ジャンは私が散歩に行っても何も言わなくなった。

ある日、家に帰るとあるベラルーシ人学生のアーニャが泣きながら部屋から出てきた。何があったのか聞くと彼女は私に一枚の診断書を見せた。彼女は妊娠していた。相手は警察官で、電話番号と名前しか分からない。パーティーで知り合ったその日に、勢いで一線を超えてしまったらしい。相手に一度電話したが妊娠を伝えるとすぐに切られ、それ以降は出ないらしい。私はその警察官の電話番号を聞き、私の携帯から電話をしたところ応答。しかし私がアーニャの知り合いだと言うとすぐに電話を切られた。そんなアーニャがなぜ私の部屋で泣いていたかというと、妊娠中絶のための資金が足りず、お金持ちのジャンに貸してくれないか頼みに行ったそうだ。それに対し、ジャンは一晩だけ一緒に寝てくれたらお金はあげると伝えたという。そう言われ、泣いて出てきたところにちょうど私が帰ってきたというわけだ。彼女の話を聞き、私はその場でお金を貸し、彼女を家に帰した。その日、私はジャンに男としてあり得ないと激怒した。言語の問題で恐らく私が怒っていることぐらいしか伝わらなかっただろうが、それ以来は同居しているにも関わらずほとんど口を利かなくなった。

ちなみに私はベラルーシで中国語も学んでいた。私の真上には中国から派遣されてきたフー先生が住んでいたのだ。フー先生は私が教員住宅に住んでいるので、初めは日本語教師だと思ったそうだ。とても仲良くなり、先生の部屋まで行って中国語を学ぶこともあった。もともと中国に留学する計画もあり、ベラルーシから日本に戻る前に中国を旅行する予定で、私はモチベーションも高かった。クラスでは英語学科のベラルーシ人たちに混ざって中国語を学んだわけだが、先生は日本人が来たと大喜び。それもそのはず、アシスタントとして使えるためだ。宿題は漢字の書き取り１０回など私が小学校でやっていた程度のものである。私はアシスタントとして漢字の書き順や形などを学生たちに指導した。ちなみにこの英語学科の学生達が私をよく散歩に誘った。

留学生の話に戻そう。スリランカから来たチャリンダという学生は3年前に来たにも関わらず勉強しないため、ロシア語コースも3年目であった。授業にもほとんど来ず、来たとしても自身のレベルが低いのでついていけない。いつも寮で炬燵にもぐりこんだ猫のように寝ていた。ある日の朝、国際部のスタッフが寮までチャリンダを起こしに行った。チャリンダはおしりをたたかれた馬のように走ってクラスまでやってきたが、スタッフはクラスまで彼を追いかけてきた。そして他の学生の前で20分も怒号を飛ばした。その後、チャリンダは授業中にトイレに行くと言い、結局そのまま帰ってこなかった。

チャリンダと同じ部屋に住んでいたハルミッドはインド出身。彼はロシア語ができないストレスで引きこもっていた。私が英語を話せると知ると顔を明るくし、友達になってほしいと真面目に頼まれた。それから彼は私の親友になった。ハルミッドの夢はインドに戻ってシェフになることらしい。しかしある日、彼は私に何も言わずに失踪した。連絡できないことを不審に思い、私は彼の部屋まで訪ねて行ったが、そこには彼の服や靴、スーツケースがあるのみ。一週間後、ロシア語の先生が今にも泣きそうな顔をしてクラスに来た。どうやらハルミッドの行方が分かったそうだ。彼はベラルーシでの生活が大変すぎて、ポーランドに逃げようとしたらしい。国境で捕まったっきりその後はどうなったのかは分からないそうだ。こうして私は大事な親友を一人失った。その日は家に帰って、まくらを何度も殴りながら泣いた。彼をサポートできなかった先生方に対し何とも言えぬ怒りを感じ、その後しばらくロシア語のペトロブナ先生には強く当たってしまった。しかしそれは始まりに過ぎず、その後も春までに三人の友人を同じように失った。みなベラルーシでの生活苦が理由だった。国際部の先生は「よくあることよ。あなたはいなくならないでね」とあっけらかんとしている。私は留学を途中で断念する気はなかったが、必ずしも生活が楽なわけではなかった。外国人排斥主義団体のグループにバスの中で襲われかけたシリア出身のアサンは、警察のアドバイスを受け常に催眠スプレーを携帯していた。首都ミンスクではトルクメニスタン人留学生が血祭りにあげられたというニュースもそのころで、大学からも気をつけるように言われた。経済学部のクラスメートの中には朝からウォッカを片手に大学食堂で飲んでいるアル中のジェーニャや、名前は出さないが売春婦の学生もいた。実際に別のクラスメートと行為があり、彼は私に写真を見せながら５０ドルだがお前もどうだと言った。衝撃ばかりであったが、どんなに大変でも決して途中で留学を諦める気はなかった。それはベラルーシで暮らす人たちへの侮辱であるとさえ感じていた。日本人としてベラルーシ人同様、私もベラルーシを愛したい。日本人としてベラルーシでも花のように生きたい。花は日本と同じようにきれいに咲いている。花は環境が違っても咲くことを諦めない。私が留学を途中で投げ出したら花の根にもなれないだろう。しかし日本の大学への報告書では、真実を書きすぎたのかもしれない。日本の大学からベラルーシに派遣された留学生は私が最初で最後となった。

暗い内容から少し離れ、言語文化についても紹介しておこう。ロシア語の最初の試験で私は✓ばかりがつけられた答案を返された。何が間違っているのか答案とにらめっこしながら先生に聞くと、１００点だという。この先生はなにを血迷ったのかと思ったが、その後ベラルーシでは✓は正解、○が間違いであるということを知った。別の日、質疑応答をしているとき、私が正しく答えているのに先生は「ＮＯ」と繰り返した。なんでいきなり英語なのかと思いながら、何が間違っているのか先生に聞いたが、何も間違っていないそうだ。ではなぜ『ＮＯ』なのか。ついに先生も認知症になったのかと心配した。ロシア語での『いいえ』は『ニエトゥ』である。こちらもその後分かったことだが、先生が発していたのは英語ではなく、ロシア語では相槌を打つとき「ＮＯ」と言うのだ。

こんなこともあった。映画の話をしているときに先生が「ガリーポテル」を知っているかと聞いてきた。聞いたことがないと答えると、英語と同じなんだから知らないはずがないという。調べたところ、『ガリーポテル』は『ハリーポッター』のことだった。どこが英語と同じなのか。ロシア語には日本語のＨ音にあたる発音がなく、代用としてＧ音が用いられる。そのため例えば、横浜は『ヨコガマ』となる。ちなみにロシア語を学び始めたころ、『ハラクテル』も英語と同じだと言われたことがある。こちらは英語の『キャラクター（性格）』である。結局のところ勉学というものは、何を学んだかよりもどう学んだかが大切だ。教科書を終えた、試験勉強をしたというよりも、日常生活の中で頭が疑問符の波であふれるような学びが一番の学びとなる。

学部の授業も異文化のオンパレード。どのクラスにも教科書や参考図書というものはない。ではどのように学ぶのかというと、先生だけが持っている教科書を９０分間読み上げ、学生はそれを書き取るだけ。それが試験勉強の素材となる。こんな授業なら、教科書さえ読めれば誰でもできると本気で思った。経済学部はなぜか女性ばかりで、２０人ほどのクラスで男子学生はたったの三人。一人はアル中、一人は売春好き、もう一人は彼らのリーダーだった。それもあってか女子学生たちの方が圧倒的に優秀であった。その中で、エレーナとオーリャという学生とは特に仲が良かった。エレーナは私が入って来てから始めに声をかけてくれた学生で、日本人だからという理由ではなく単純に私を友達として見てくれた。彼女に誘われ、私は毎週日曜日の午後、音楽学校に通いボイストレーニングを受けることになる。夏のコンサートに向け先生は私に合う歌も用意してくれた。オーリャは私が２００２年に訪れたマズィル出身である。マズィルには友達も多く、私は留学中何度か遊びに行った。初めて訪れた際、オーリャはマズイルまでの行き方を事細かく教えてくれ、クラスでもよく勉強を助けてくれた。マズィルはホメリに比べるとずっと小さな町だ。

ある日、私がマズィル滞在中に日本人がマズィルにいると聞いて駆け付けた男がいる。彼は私の顔や手を触った後に本当に日本人なのかと聞き、写真を撮らせてほしいと頼んできた。このようにテレビ以外で本物の日本人を見たことがないというベラルーシ人は多い。だからこそホメリ州内に住む唯一の日本人として、私は日本人としての常に責任を感じていた。私の振る舞い如何で日本人のイメージが作られてしまうからだ。

ベラルーシ生活ではインターネットがなかったので情報を集めることが難しかった。どれほど情報が入ってこなかったのかというと、2008年9月のリーマンショックが起こったことを、翌春になってようやく知ったほどだ。ベラルーシでは多くの苦労もあったが、それでこそベラルーシだった。高校生の時に行ったベラルーシでは、表面のいいところしか見えなかった。しかし留学生として実際に住むとなると状況は全く違い、大変なこともたくさん経験した。そして逆境の中にいる時はよく自分自身と向き合った。なぜなら、最も手ごわく対話が必要な相手、それはいつも自分自身であるからだ。ベラルーシでの生活を通し、私は『先進国である日本』についてよく考えた。日本のような発展した国は世界でも少数派だ。日本は一部の近隣諸国と歴史上ずっと問題を抱えている。そのため私はずっと世界とどう戦うかで考えてきた。英語もロシア語も正直なところ世界の国々と日本人として対峙していくため、相手を知らなければならないというのが理由で学んできた。しかしアメリカでもベラルーシでも直接人と出会い、気づかされたことがある。世界と戦うより世界と組むべきだということを。

大学院留学

ベラルーシ留学中に訪れたポーランドで安く、英語で、高い水準の教育が受けられることを知る。そのためアメリカからポーランドに大学院進学先を変更し、三度目となる海外留学に臨む。ポーランド国民大学（Collegium Civitas）は、首都ワルシャワの中心に位置する文化科学宮殿にある非営利大学だ。学位を取るために2年間卒業を目指して学ぶことになるわけで、今回は過去の留学とはわけが違う。私は当初、大学院というものを楽観視し過ぎていた。大学院での専攻は外交で、言語は全て英語である。そのため通いながら英語もついでに勉強できるだ

文化科学宮殿

ろうと甘く見ていたのだ。しかし現実は全く違った。一言でいうと『英語で勉強する』だけであり、『英語を勉強する』余裕は全く与えられなかった。それほど課題が多く、授業についていくためには日々の予習復習が欠かせない。もちろん英文の資料は大量に読むが、分からない単語があってもそれを調べて単語ノートに書き込んで後日復習するほどの時間的余裕がなかったのだ。私が大学院を軽んじていた理由は、日本の大学を出ていたためだ。日本で一番頭がいいのは受験直後の一年生で、学年が上がれば上がるほど馬鹿になっていき、就活が始まれば勉強どころではなくなる。これはまさに日本の大学の弱みであり、海外の大学に自慢できたものではない。もちろん勉強する人はするが、問題はそこまでしなくても何とかなるという選択肢があることだ。逆に欧米の大学では学年が上がるにつれ確実に賢くなる。賢くならなければ落第するというシステムだからだ。そのため卒業生はそれ相応の専門性を持っており、社会には即戦力として迎えられる。個人的な考えであると断った上で申し上げれば、専門が何かということはもちろん大切であるが、それ以上に大学を卒業したということは、日本の大学入試に等しいような試験を何度も受け、合格し続けてきたことを意味する。その精神力こそ有能な人材として社会から評価されてしかるべきである。ゆえに大卒は高卒に比べると仕事の種類も違い、平均給料も高い。そんな学業の世界にもまれにもまれ、私の大学院での2年間はあっという間に過ぎていった。

どれだけ大学での進学が難しいかという話をしよう。ポーランドでは大学入学率は高いが、入学後にふるいにかけられる。落第する学生のほとんどは第1学期で落とされる。頭のいい学生が進級できるというわけでもない。大学で進学していく学生は勉強に対して『まじめな学生』であり、入試で高い点数を取った学生より、入学後にまじめに学んだ学生が生き残っている。得意分野の科目であれば合格しやすいというのもまた違う。興味深い具体例を紹介しよう。大学院2年生の第1学期、講義名は『ロシアの外交安全保障』。出席が成績に与える影響はゼロ。試験を受けるための条件は、授業で一度ロシアの安全保障関連の発表をすること。極端に言えば、発表の日だけ授業に来て、それ以外全て欠席しても試験で高得点が取れれば成績『5』が与えられる。ちなみにヨーロッパではほとんどの国で成績のつけ方が統一されており、2は『不可』、3は『可』、4が『良』、そして5は『秀』である。私は毎週休まず授業に通い、発表もこなし、いよいよ試験日が来た。試験方法は集団面接で、先生が前もって学生をランダムに割り振った。私の試験グループは五人。カナダ、ロシア、ウクライナ、中国、そして日本からの私である。この中で合格したのは三人だ。それがどこの学生かはとりあえずおいておき、試験内容について触れておこう。質問は二つであるが、1問目に答えられなければ2問目に進むことはできず、その場で『不可』となる。私に与えられた1問目は『冷戦時代の欧州における東側陣営を地図上で示せ』。ここで一カ国でも外したらアウトであり、地図に置かれた自分の指の震えが止まらなかった。危うくチェコを外しそうになり、急いで指を戻したことを覚えている。2問目は現在のEUにおいて、比較的親ロの国を主な理由を添えて三カ国挙げよ。

私は、ドイツ（理由：ノードストリームというロシアから直接ドイツにガスを送る海底パイプ）、イタリア（理由：北アフリカ政策における共同歩調）、そしてフランス（理由：武器輸出入）を挙げた。その後先生から追加で「では実際にフランスがロシアから購入した兵器の名前は？」と聞かれ、それに答えられなかったため、与えられた成績は『5』ではなく『4』となった。さて、この試験で落ちた二人は、ロシアとウクライナの学生である。ロシアの外交安全保障という授業で、一番詳しいはずのロシアとウクライナの学生が落ち（つまり第1問目で不正解）、旧ソ連圏以外の学生が合格した。哀れなのは二人の学生は五人全員の試験が終わるまで退席できず、他の学生が2問目を答えている間もずっと部屋に残らなければならなかったことだ。前に座っていた私は彼らの無念さを震えるほど背中で感じていた。二人の出生地を考えて、ある程度の優位性を持っていると考えるのは不適切である。繰り返しになるが、まじめに勉強したものが進級する。1年生の後期になって、今まで一緒に学んでいた学生が数人いなくなったが、退学しすでにポーランドにいなかったことを後から知った。その中には親や親せきの希望を背負ってアフリカの途上国から留学していた学生もいた。彼が帰国したと知ったとき、私は改めて自分自身の心に鞭を打った。

世界中から学生が集まっているため、普段は仲が良くても授業中に激しい議論になることもよくある。ある日、話題が世界の米軍基地に及んだ時、沖縄の話になった。アメリカ人留学生が日本は米軍の抑止力にただ乗りしており、基地負担は全額日本が負うべきだと言った。私はカチンときて、沖縄の米軍基地がいかにアメリカの国益にかなっているのか考えたことがあるのかと言い返し、議論になった。日本は自衛隊しか持っておらず、日本の国防はディフェンスしかいないサッカーチームのようなものだ。フォワードはアメリカが担っている。「文句があるなら米軍は出ていけばいい」との台詞が喉元まで出かかったが、日本の状況を考えると流石に言えずに悔しい思いをした。ちなみに当時、日本では集団的自衛権についての議論が国会で行われていた。ＮＡＴＯ加盟国が多い欧州では、国防の基準はどうすれば国民の生命が守れるかということだけで、集団的か個別的かということは分けて考えていない。実際日本の議論を紹介しても他国の学生たちにはあまり理解されなかった。戦時国際法の授業では学生と先生の間で激しい議論になった。イランから来ていた学生がアメリカ軍は中東で一般人を多く殺害している。そんな世界では、国際法なんてあったところでくそくらえだと叫んだのだ。国際法があっても生命は守られていない。理論的なことばかり言ってないで、実際に今消えていく命を考えろというのだ。先生は国際法がなかった時代に比べたら、国際法は抑止の働きをしていると述べるにとどめた。クラスの中にはアメリカ人の学生も数名おり、そのうちの一人はドイツに派遣されていたアメリカ軍人。普段英語力を生かして大いに議論に参加してくる彼らも、流石にその時にはみな黙り込んでいた。

国際政治の世界では日本はキープレイアーであり、前に紹介した『ロシアの外交安全保障』や『国際法』など一見日本とは全く関係のないような授業でも、必ずと言っていいほど日本が出てくる。それだけ世界に与える日本の影響が大きいのだ。だからこそ日本人はもっと世界に出て自分たちを伝えなくてはならない。もちろんアメリカやカナダなどの英語圏だけが選択肢ではない。今や多く非英語圏の国でも英語で教育を受けることができる。それも小学校から英語で学べるところも多い。そんな世界で色々な人たちと議論していけば、日本について詳しくならざるを得ない。世界が日本をどう見ているのか、それは世界に出て初めて知ることができるのだ。

第3章

ポーランド生活

ベラルーシ留学前に経由したいくつかの国のひとつにしか過ぎなかったポーランド。そこに住むことになるとは。描いていた将来が全く違うものになったことに驚いている。私は運命を信じない。選択肢は常に複数あるからだ。人はその中から選んだひとつを運命としてとらえることで自分を納得させる材料としているに過ぎない。重要なことはどの道を選んだかではなく、選んだ道をどう生きるかである。実際に運命だと考えてしまう進路にも「あそこであれがなければ」というきっかけが必ずある。ベラルーシに留学せずして、ポーランドに住むという将来はまず考えられなかった。しかし巡り巡って私は親日国ポーランドに住んでいる。この道を私の生きるべき道だと考え、この道の上でできることをするだけだ。何ができるか。それを知るためにはまずその国を知らなくてはならない。

ポーランドの１年から学ぶ、憲法と休暇の違い

ポーランドの１年は打ち上げ花火から始まる。日本で花火といえば夏の風物詩であり、アメリカでは独立記念日だろうか。『打ち上げ花火＝夏』というのは世界共通の認識ではないのだ。新年になったとたんに多くの国民が外に出て花火を上げ始める。数時間続くため、寝れなくて

困るぐらいだ。花火が原因となった火事のニュースも、日本の新年に餅をつまらせたニュースと同じように毎年聞く。

　クリスマス休みが長い分、新年は明けてからすぐに仕事が始まるという人も多い。しかしそれもつかの間、１月６日には三博士の日という祝日がある。三博士とはイエス・キリスト誕生後にきらめいた星を目印に、救い主の誕生を祝って駆け付けた三人の博士たちのことである。クリスマスがイエス・キリストの誕生日であるため、その約２週間後に博士たちはイエスが生まれた馬小屋へとたどり着いたことになる。その後１月か２月には冬休みがあり学校は約２週間休みとなる。面白いことに渋滞や観光地の混雑を防ぐため、ポーランドでは県によって冬休みがずらされている。そのため他県の友人と冬休みを利用してどこかに旅行したい場合、時期的な問題が生じることもしょっちゅうだ。

　冬、ポーランド人の若者の場合、旅行の主な目的地となるのはスキーか海だろう。もちろんポーランドにもスキー場はあるが、オーストリアやスイスにスキーに行く人も多い。海というのはポーランドにあるバルト海ではなく、南国である。スモッグや天気の問題があるポーランドから、逃げるようにギリシャやトルコ、スペインなどの海に行く。そのため冬休み後に日焼けしている人もよくおり、いつも不自然な印象を受ける。

春、一番大きな祝日はイースター（復活祭）。これはイエス・キリストが処刑された後、復活したことを記念した行事だ。ポーランドで一番大切な祝日はクリスマス、そしてイースターはクリスマスに次ぐ重要度を持っている。ついでにクリスマスについても触れておく。日本ではクリスマスは『恋人たちの日』というイメージがあるが、ポーランドでは『家族の日』である。一方の新年は恋人や友人たちと過ごすため、クリスマスと新年を比べたとき、日本とポーランドでは対照的な過ごし方をしていると言える。クリスマスには１２種類の料理を作る伝統があり、突然の訪問者があることを考えて食事の際にはテーブルに空席をひとつ作る。クリスマスには肉を食べないという習慣があり、その代わりに鯉料理が振舞われる。日本で鯉と言えば子どもの日の鯉のぼりが頭に浮かぶが、ポーランドではクリスマスの風物詩となっている。クリスマスツリーは普段本物のモミの木を用い、サンタクロースは子どもの靴下の中ではなく、クリスマス前にそのモミの木の下に届けてくれる。それを夕食後に開けるのだが、朝起きてプレゼントに気づく日本に比べ、クリスマス前から常にプレゼントが見える状態では心理的に子どもによくないのではないかとも感じてしまう。クリスマスのスープがボルシチであれば、イースターのスープはジュレック（麦のスープ）である。イースターもクリスマス同様数日間休みとなるが、期日はクリスマスと異なり定まっておらず、３月か４月頃に行われる。イースター前には断食をしていたという時代もあり、断食前に食べ貯めておくという習慣が今でも残っている。その日は『太る木曜日』と言われており、薔薇の花びらのジャムが入ったポーランドのドーナツをたくさん食べる。子どもたちの間ではいくつ食べたかがいつも話題になり、多い子どもは１０個以上食べる。断食の習慣は今ではなく、太ったままイースターを迎える。イースター翌日に外に出る際には注意が必要だ。イースター明け最初の月曜日は『濡れる月曜日』と言われ、外にいればだれかまわず水をかけることが許されている。アパートの下を歩いていたら誰かがベランダの上からバケツいっぱいの水をひっくり返すなんていうこともあった。私もこの日、外に出る時は車で、できるだけ電化製品は身につけないようにしている。バスの中が水浸しになったりと、社会問題になった時期もあり、その後は度を越した水かけはなくなっているが油断はできない。子どもたちが水鉄砲を片手に鬼ごっこをする姿などは見ていてとても微笑ましく、濡れる月曜日が春を連れてきたかのようにも感じる。

さて、ここまでポーランドの祝日をいくつか紹介してきたが、共通する特徴を考えてほしい。三博士の日、クリスマス、イースター。質問が簡単すぎるかもしれないが、これらはキリスト教関係の行事であるということだ。その他にも6月には聖体祭、8月には聖母マリア被昇天祭などがある。その国の祝日を見れば国の成り立ちが分かり、まさにポーランドはキリスト教の国であるということだ。統計上は９５％のポーランド人がキリスト教徒だと言われているが、私の印象では実際に信仰を持っている人は６０％にも満たないのではないかと思う。無宗教という若者も増えており、日曜日に教会に行くことをもってキリスト教徒と定義づけるなら、その割合は３０％を下るのではないだろうか。なぜ統計上９５％なのかというと、これは日本で初詣をした人を信者として統計に入れているのと同じようなカラクリがある。そのカラクリとは『幼児洗礼』と『コムニア（ポーランドの七五三）』である。幼児洗礼とは、まだハイハイができるかできないかの子どもを、洗礼させる伝統である。もちろん子どもの意志なんて関係ない。コムニアは小学校の時に白いドレスなど着て教会に行く行事だ。こちらも日本の七五三が一般的に神道であるかどうかはあまり関係なく行われるように、子どもがキリスト教を信じているかとは関係なく、宗教行事というよりも社会的風習に近い。この子どもたちが信じていなくても、またその後信じなくなったとしても、教会には統計上残る。日本人はキリスト教でもないのに教会で結婚式を挙げると言われるが、ポーランド人だってキリスト教を信じていなくても教会で結婚式を挙げ、神父の前で愛を誓う。しかし、信仰している人が減っているとは言え、ポーランドに住んでいる限りキリスト教関係の祝日を享受しているわけで、誰しもキリスト教と関係のない生活を送ることはできない。

教会で行われるコムニア

逆に日本ではどうだろうか。元旦はなぜ休みなのか。みどりの日、子どもの日、海の日、勤労感謝の日などの祝日は一見全く別物であるようで、根っこは繋がっている。それが何かここでは述べないが、興味がある方はぜひ調べていただきたい。祝日を調べればその国の形が分かる。

ポーランドと日本にはひとつだけ共通の祝日がある。それは5月3日の憲法記念日だ。現在日本の憲法記念日の基準となっている日本国憲法は戦後GHQの指導の下に作られ、1945年5月3日に施行された。一方、ポーランドの憲法記念日となっている憲法は『5月3日憲法』と呼ばれており、近代的成文憲法としてヨーロッパでは最古、世界的に見てもアメリカに次ぐ歴史を持つ。当時は危険思想とされた三権分立や法の支配、国王の権利制限までもが記されており、ポーランド人にとっての誇りである。この憲法の成立過程も興味深い。時は18世紀

5月3日憲法が採択された王宮（右）

後半に遡る。当時、ポーランドはオーストリアハンガリー、ロシア、プロイセンによる三度に渡る分割（１７７２年、１７９３年、１７９５年）を経て国が消滅していく過程にあった。それに対抗する形で当時ポーランドを治めていた国王スタニスワフ二世が１７９１年に提出し、議会で採択されたのが5月３日憲法である。しかし残念ながらその２年後に第２分割、さらにその２年後に第３分割があり、１９１８年に独立するまでの１２３年間、ポーランドはヨーロッパの地図上から姿を消してしまった。ちなみに日本では改憲に関して議論が行われているが、ヨーロッパの人々には内容を説明してもなかなか理解してもらえない。変えて悪くなるなら反対、よくなるなら賛成すればというだけの話である。実際に提示される草案も出来ていない段階で、良くなるか悪くなるか分からないにもかかわらず、改憲自体に賛成か反対かという世論調査をすることが理解できない。憲法９条がよく話題になるが、「陸海空軍その他の戦力は、これを保持しない」をさらに具体化し、「陸海空軍、その他戦力となりうる警察力、車、野球バッド、石、包丁武道文化も保持しない」となれば私は改憲に反対だ。「その他の戦力」とは一体何なのか。「これを保持しない」の「これ」とは何なのか。今の憲法は分かりにくく、１０人が読んだら１０通りの解釈ができる状態では無駄な議論が今後も続くだろう。他国からポーランドを守るために自分たちの手で作り上げたポーランドの5月３日憲法。日本として学ぶべきところが多いのではないだろうか。

夏は最も多くのポーランド人が長期休暇を取る。学生にとっては約３カ月の休暇である。北にあるバルト海では泳いだり、南の山脈地帯ではチェコやスロバキアの国境まで歩いて行ける。大学院１年目、私が最後の試験を終えたのは６月の初め、１０月の新学期まで約４カ月の休みがあった。ここまで長いとゆっくり帰国できるというメリットはあるが、夏までに学んだことを忘れてしまうというデメリットがあるのもまた事実である。

学んだことのみならず、私は大学の講義室や図書館の場所まで忘れてしまった。大学が入っている文化科学宮殿は高さ２３７メートル、４２階立て、３千を超える部屋を擁するポーランドで最も高い建造物だ。この建造物は１９５２年から３年かけてスターリンが建設し、当時ソビエトからは３千人を超える労働者が派遣された。宮殿の中には映画館、劇場、博物館などもあり、大学院の入学式では「落第しても下に行けば娯楽があるから楽しめる」と冗談のような脅しをかけられた。それだけ大きな建物となると、夏休み中にどの階に何があるのかなど、きれいさっぱり忘れてしまう。新学期の初日、エレベーターがなかなか来ないと思ったら、普段と異なり全ての階で止まっている。どの階に何があるのか忘れたのは私だけではなかったと知り安堵したものだ。

夏には学生以外にも長期休暇を取る人は多い。私の周りには日本を自転車で回るため３カ月間休みを取った夫婦や、新婚旅行で南米に行くため４カ月休むカップルもいた。ここまでくると仕事を辞めてから行くわけだが、その後ポーランドに戻ってからの再就職については心配などせず、帰国後また就職活動をすればいいだろうといった程度の感覚で辞める。新卒が重視されたり、就職活動期がある程度決まっている日本とは大違いだ。むしろ企業は新卒をあまり採用したがらず、他の職場で同種業務の経験がある人を優先し、採りたいときに採りたい人の数だけ求人を出すが、実際はコネで就職が決まることが多い。

黄金の秋、ポーランドの山や公園は一年で最もカラフルな季節を迎える。ワルシャワはヨーロッパの中で最も緑が多い都市だと言われており、それを代表するのが、ショパン像のあるワジェンキ公園だ。公園内には野生のリスが走り回り、クジャクも放し飼いにされている。5月から9月まで、毎週日曜日の12時と午後4時には無料のショパン野外コンサートが行われ、日本人ピアニストも時々登場する。ヨーロッパで最も現代的で映像が映し出されるマルティメディア噴水と並び、ショパンコンサートはワルシャワ市民にとって春から秋にかけての野外娯楽である。

秋、最初の祝日は11月1日、諸聖人の日である。日本でいうお盆であり、前日の夕方に墓を掃除し飾りつけ、当日は夕方から夜にかけてローソクを持って墓参りをする。カトリックの国ポーランドでは死者は普段土葬されるため、必然的に墓は日本のような縦ではなく、横に広いベッドのような形をしている。その上に花やろうそくを置くのだ。夜、ろうそくの光に灯された墓地はまるで遅れてきたハロウィーンのような幻想的な世界を私たちに提供してくれる。その10日後、11月11日には独立記念日がある。こちらもポーランドでは重要な祝日の一つであり、独立を祝う行進が行われる。この独立記念日が過ぎれば秋も終わり、ポーランドは冬を迎える。厳寒というイメージがあるが、ここ数年は暖冬であり、雪もあまり降らない。降ったとしても湿気がないため軽く、雪をかくというより、箒で掃ける程度の場合も多い。

文化の差　日本人だから○○と決めつけているのは、ただの偏見と言い訳

国が違えば文化も違う。しかし海外とのかかわりの中で問題があった際、それを文化の差だとすぐに決めつけることはできない。個人的な問題かもしれないと常に疑う気持ちを持たなければ、判断を誤る。「日本人だから英語ができない」「日本人だからシャイだ」と言われれば必ずしも全員がそうではないと誰もが思うだろう。私は今まで「日本人なのに酒を飲まないの？」と言われたり、「日本人にしては背が高い」など、常に日本のイメージと比べられて生きてきた。しかしそれに対して単純に反発するのではなく、楽しむぐらいの態度でないと海外での生活は窮屈なものになってしまう。

私は日本人だから○○だ、と自分を決めつけることもできない。なぜならどこから来たかに関わらず、人は複数の自分を持っている。例えば私はポーランド人とビジネスの話をするときと、日本人とビジネスの話をする時では別の自分が出てくる。ポーランドであっても日本人同士の間では、日本文化がポーランドの環境を超えて存在している。そこを取り違えると商談もうまくいかないだろう。以前、ポーランド人のビジネスマンとこんな話をしたことがある。私はポーランドに長く住み、ポーランドのビジネス文化もある程度学んできた。彼は私に「ポーランドのようにそこまで上下関係にとらわれず、ストレートに意見をぶつけたほうが活発な議論になると思うのであれば、日本人との会議でもそれを取り入れたいとは思わないのか?」と聞いた。私は「それはない」と答えた。日本的な会議では、ポーランドに比べると事前に根回しや裏合意がある程度できており、会議は議論をするというよりも報告する場としての機能を持っている。私は、それはそれでいいと考えている。一方で、一筋縄にいかないのは日本人とポーランド人が混在しているビジネスミーティングである。両方のビジネス文化の中に身をおいてきた私としては、双方が抱えているストレスややりにくさをよく感じる。ポーランドでそんな会議が行われている場合は、ある程度日本人がポーランドのビジネス文化に合わせる必要があるだろう。それが受け入れ国に敬意を払うことになるからだ。逆もまた同じであり、ポーランド人が日本に行って日本人と会議を行う場合には、ある程度日本のビジネスマナーを知っておくべきである。今まで何度か、日本に行くという会社や個人から相談を受け、日本のビジネス文化講座を行ってきた。皆その差を楽しみ、日本で実践してみようと努力をしている。少なくとも日本語であいさつや自己紹介ができるようにと頑張っている。日本とポーランドのビジネス文化の違いをある程度理解したビジネスマンたちは、やはり私と同じように日本では別の自分を持っている。場所によっていくつかの自分を持つということは、複数の文化の中で生きる者にとって必須の能力であると言える。

少し話が脱線するが、日本人とポーランドで会議のために場所を決める際、必ず確認したほうがいいことがある。それはその会議室が建物の何階にあるかということだ。ポーランドでは日本の１階は０階とされている。例えば、３階にある会議室で会いましょうとなった場合、よく「ポーランドの３階？　日本の３階？」という話になる。以前、ある大学で会合があった際、遅れてきた人に「４階の会議室にいる」とだけ伝え、それがポーランドでいう４階なのか日本でいう４階なのかを伝える手間を省いてしまったことがある。その大学は日本でいう5階建てであり、その友人は迷った末、会議室にたどり着けず怒って帰ってしまった。会議中で私も携帯にも出れず、申し訳ない気持ちになった。

ビジネス以外にもいくつか興味深い文化の差を紹介しよう。まずは結婚観。日本の場合、結婚するにはまずは定職を持ってからとよく言われる。一方のポーランドでは『仕事→結婚』という考え方は一般的にされておらず、『感情→結婚』で考える。この点は日本がポーランドから学べることではないだろうか。現代ではいくら定職を持ったとしてもそれは永遠に保障されるものではない。そのような不安定なものを結婚の判断基準にしてしまうと、結果的に婚期が遅れることにもつながる。ポーランドでは結婚前の同棲も一般的だ。学生同士の同棲もよくある。ここでは主に二つの理由として、生活費と相性確認が挙げられる。生活費とは、同棲することで一人暮らしをするよりも節約できるということである。家賃、食費、水光熱費など一人分＋一人分が必ずしも二人分とはならない。次に相性確認についてだが、これは結婚前の保険のようなものだ。いくら長く付き合っていたとしても共に住み、はじめて分かることも多い。双方にとって都合の悪いことも見えてくるだろう。それを知ることは結婚後よりも結婚前の方がいいに決まっている。付き合った早い段階からお互いの両親とも付き合いが始まることもポーランドではよくある。これもある意味、家族関係を結婚前に知るというリスクマネージメントとも言える。結婚後にいずれかの親との同居する夫婦も多く、それができるということはそれだけ大きい家が多いということである。

平坦な土地ばかりのポーランドでは、街の中心部を離れると一戸建ての家が多くなる。地震がないため日本に比べると建設費はずっと安く、戦前から立っている家も少なくない。古くなった家は建て替えるのではなく、改修して使い続けるのが一般的だ。結果的に家が大きめで、結婚後にどちらかの親と同居するという夫婦が多くなるのだ。また、ポーランドでは家族のつながりがとても強い。悪く言えば、多くの母親はいつまでたっても子どもの自立を気持ちの面から認められず、子どもの結婚後も、親としての過剰な干渉を続けてしまうことがある。現在の親の世代は共産主義体制下での生活が長く、それが影響していると考えられるが、この点については後に詳しく述べることとしよう。

ポーランドを持ち上げたところで、次は日本に目を向けてみよう。日本のよい点として『清潔さ』がある。ポーランドではよく道にゴミが落ちている上、壁への落書きも多い。犬の糞やたばこの吸い殻もあり、歩き始めたばかりの子どもが散歩するには必ずしもいい環境だとは言えない。日本に行ったポーランド人が、日本はきれいすぎて逆に落ち着かなかったという感想を漏らすほどである。日本の清潔さはどこから来ているのか。様々な理由があると思うが、最大の理由は日本の学校での掃除文化ではないだろうか。ポーランドでは自分の家や庭はきれいでも、家の前に落ちているゴミはそれほど気にしない人も多い。自分の家を学校の教室に例えてみよう。日本ではもちろん自分の教室は自分たちで掃除するが、自分の教室以外にも廊下、体育館、校庭などもきれいにする。それが広がると学校だけではなく街もきれいにしようという意識が芽生える。ポーランドの学校には掃除担当のスタッフがおり、子どもたちは自分の教室でさえ掃除しない。ポーランドでも日本式の学校清掃を取り入れてはどうだろうか。

また近年、ポーランドではスモッグが大きな社会問題となっている。悪化レベルはヨーロッパ圏内で断トツの最下位であり、自動車事故の何倍もスモッグが原因で、人が命を落としているとも言われている。冬、外を見ると外套の下にくっきりとスモッグが見え、これは都市部のみならず田舎にも当てはまる。比較的空気がきれいである南部の山脈地帯では、観光客から環境税を取っているが、ある時、税を取られているのにスモッグがひどいとして、裁判沙汰となり原告が勝訴している。私は冬休み、できるだけ海外に出ることにしているが、それは寒いということではなく、スモッグから避難するためである。そのスモッグはどこから来るのかというと、工場ではなく一般家庭。暖房のために薪を燃やしたり、電気やガスを使用するのではなく、ゴミや質の低い石炭を燃やすのである。中国のように主に工場がスモッグを作っているのであれば政府の指導によっていくらでも改善できるが、一般家庭となるとそうもいかない。その点では中国より空気の問題は深刻だ。前に述べたように、自分の家の中がきれいであれば外はどうなっても構わない、という感覚が背景にあるだろうことは疑いもない。

ポーランドが日本に学ぶべきこととして時間感覚がある。待ち合わせに5分10分遅れるのは当たり前で、連絡なしで来ないということも何度か経験した。それが個人の間であればまだ分かるが、国家レベルとなると話は別だ。ポーランド国鉄は時間通りに来ることの方が珍しいと言っても過言ではないほどよく遅れ、理由なくキャンセルになることもよくある。冬の吹雪の中、屋根のないホームで電車がいつ来るか分からず待つのは大変苦痛である。しかし、それは私が日本と比べてしまうためであり、周りのポーランド人は平然としている。ポーランドの冬は日が短いため、朝７時はまだ日が昇っておらず、午後４時過ぎには暗くなる。そのため、冬はその他の季節にもまして電車が遅れることにいら立ちを覚えてしまう。私がまだ学生だった頃、こういうことがあった。大事な試験の日に数人の学生が遅れてきたのである。もちろん電車の遅延証明を持っている学生もいる。しかし先生は彼らに試験を受けさせなかった。その時先生が発した言葉はこうだ。

「電車は遅れる前提で動くのが社会の一般常識」

ポーランド国鉄が遅れる理由として、２０１４年、日本でいう国土交通大臣が「残念ですが、ポーランドはそういう気候だから」と発言し、猛抗議を受けたことがある。実際、夏に天気が良くても冬と変わらず電車は遅れる。ここまで時間にルーズである一方、ポーランド人は一般的に運転が荒い事でも知られてる。周辺国から車でポーランドを訪問した友人たちが口々に言うのが、「ポーランドに入国した途端、私の車のスピードは変わらないのにビュンビュン抜かされるようになった」というもの。実際、ポーランドの運転はとても荒く事故も多い。統計上、事故の件数は日本より少ないが、致死率はポーランドの方が随分高いそうだ。さらに事故が起きた際、警察を呼ばずに当事者同士の話し合いで終わらせるケースも多く、統計に出てこない事故は数知れない。事故が起きた時に警察を呼ぶと事故を起こした側には罰金やポイントが足される。それが警察を呼ばない大きな理由であるが、そもそも呼んだところでいつ来るか分からない。それだけ警察に対する信頼が薄いのだ。それもそのはず、賄賂は取るし、警察車両が速度オーバーで走っていることもある。

二つのケースを紹介しよう。ある日、信号が黄色になったので急いで通過したところ、後ろからパトカーが来て止められた。彼らは、私が赤信号で突入したとし、罰金500ズロチ（当時約1万5千円）と5ポイントが足されると言った。私の反応を待たずに彼らはこう続けた。

「しかし、この場で現金200ズロチ（当時約6千円）払うという選択肢もある」

私は今払えば割引があるのかと思いながらその場で200ズロチを支払った。その話を後にポーランド人にしたところ、「何言ってんの。賄賂に決まってんじゃん」と言われた。別のケースでは私の妻が運転する車に、前で止まっていた車が突然バックしてぶつかったことがある。その車はその場で逃げたが、タクシーであったためナンバーだけではなく、タクシー会社が持っている走行記録も問題なく手に入れることができた。さらにはその通りに設置されていた防犯カメラの映像も入手し、警察に提供した。それは3年前のことで、その後、警察からは一切の連絡もない。恐らく加害者側に連絡さえしていないだろう。

ここまで見てきたように、日本とポーランドでは様々な面で文化が異なる。しかし両国は国民性が似ているともよく言われ、その理由はポーランド人も恥ずかしがり屋で遠慮がち、周りを見て自分の行動を決めることができる人が多いからだ。前にも述べた憲法記念日や国旗の色以外にも両国にとって共通となるキーワードは枚挙にいとまがない。しかし、両国を深く知るポーランド外務省の友人が言った言葉に、「なるほどな」とうなってしまったことがある。それは政治に対する態度の違いである。ポーランド人は政治に対して並々ならぬ関心を持っている。最近は大規模なデモもよく行われ、日本でも時たまニュースになるほどだ。それもそのはず、ポーランドは国の分割や侵略、共産主義も経験しており、現在のポーランド共和国という国は自分たちが血を流して勝ち取ってきた居場所だという感覚が、世代を超えて脈々と受け継がれているのである。家族の会話でも政治に関して議論になることがよくある。

一方日本はどうだろう。政治に対して無関心であれば、それだけ政治家の質も下がる。政治力の低下は国の存立に対する危機となりうる。国がなくなってからでは遅いのだ。ポーランドは歴史上、隣国は信用ならない存在だとの意識は常に持ち合わせている。不可侵条約を結んでいたにも関わらず第二次世界大戦ではソ連の侵攻を受け、再び国を失った。そんな歴史に学んでさえいれば、第二次世界大戦末期にソ連を仲介として終戦協定に臨もうといった誤った日本の政治判断はなされなかっただろう。結果、日本は日ソ不可侵条約を一方的に破棄され、北方領土を70年以上不法占拠され今に至る。

共産主義が残した負の遺産

まずは先ほど簡単に取り上げた、大人になった子どもへの親の過度な干渉について触れておこう。繰り返すが、ここでいう親世代とは共産主義体制下で幼少期、結婚、子育てを経験してきた世代を指す。ポーランドが自由主義となったのは1989年であるため、具体的には現在30代前後の子を持つ世代である。つまりは主に50代以上の親であり、中には孫を持ち祖父母となった人たちも多い。

ここでは話を整理するために『祖父母世代』としておこう。祖父母世代と30代以下の世代ではものの見方が様々な面で異なっている。それを作り上げたのは紛れもなく共産主義体制だ。共産主義体制下での生活が長い祖父母世代はその時の価値観を自由主義移行後も捨てられず、下の世代に押し付けてしまうことがある。では共産主義時代は今とどう違ったのか。食べ物は豊富ではなく、何かを買うためには長い列を作らなければならなかった。配給制度で割り当てられた分しかもらえない食品もあった。肉を買うのは特に大変で、共産党政権が肉の値段を上げたことで高まった民衆の不満が連帯（共産主義政権の独裁に対し、ストライキなどで対抗し自由選挙を勝ち取った労働者運動）の活動につながる一因を作ったほどだ。それだけ食べることが大変だった時代を経験しているため、食べ物があふれている今、それを子どもに与えることが愛を表現するひとつの大切な手段だと考えてしまう。週末や祝日には、祖父母世代の子どもたちは孫たちを連れて親の家に『食べに』行く。週末の夜に若者たちがパーティーをしても、お腹いっぱいの人たちが多いのは実家帰りであるためだ。祝日や週末だけならまだいいが、意図的に料理を多めに作り、作りすぎたことを理由に子どもたちを呼んだり、取りに来るよう電話する祖父母も多い。祖父母世代は子どもたちが、常に満腹であるかどうかを心配する。また、満腹であったとしても『念のため』『とりあえず』という理由で求められてもいないのに食べ物、お菓子、ケーキなどを作りすぎてしまう。捨てるわけにもいかないので子どもや孫たちは作られたものをお腹に入れざるを得ない。

現在、ポーランドでは肥満が大きな社会問題になっている。その中心は祖父母世代で、その次は親世代ではなく、なんと孫世代の肥満である。与えられる食べ物をある程度の自分の意思で選択できる親世代と違って、孫世代は愛として祖父母から与えられたお菓子を喜んで口にしてしまう。親世代が祖父母世代との同居をやめるのは、孫ができてからのことが多いが、これは家のスペースの問題というよりも、食べ物などが理由になっているように思う。ちなみに食べ物は一つの例に過ぎず、その他にも不必要な物を多く買ってしまう傾向も祖父母世代にはよく見られる。自分たちのためならまだしも、その傾向が子供や孫に向くと問題になりやすい。

今とは違い、共産主義時代には職業選択の自由も制限されていた。そのため国の頭脳は多くが海外に出てしまい、この悲劇は現在でもポーランドに負の影響を与え続けている。職業選択の自由が制限されると人々の思考はどのように変わってしまうのか。植え付けられた思考というものは、例え政治体制が変わったり、街の景色が変化したとしてもそう簡単には変わらない。そしてそれは残念ながら自由主義社会になってから生まれた世代にも、ある程度受け継がれている。当然のことながら親や祖父母、そして社会が持っている思考に子供は影響を受けざるを得ない。その思考にはいくつかのタイプがあるが、ここでは『金銭的思考』について紹介したい。

共産主義時代、お金持ちになったり何かで成功したりすることは『悪』であると考えられていた。なぜかといえば金儲けは美徳ではなかったからだ。今でも金儲けを美徳としない人は多いが、それは金との付き合い方が悪いからだ。正しく金を集め、正しい方向に流せば、それだけ社会貢献となり、自分も周りも幸せになる。しかし共産主義というものは人々からそういった考え方を奪っていった。なぜかというと共産主義下でお金持ちになるためには主に二つの方法があり、その一つはコネ、二つ目は悪事を働くことであったからだ。コネというのは親が共産党の幹部だから、子供がいいポジションにつく、いい家を貸与されるといったことであり、悪事というのは当時勢力をふるっていたマフィアがいい例だが、社会的立場を利用して賄賂を取ったりすることだ。『金儲け＝悪』という考え方が今でも残っているため、金儲けができるような優秀な人はよくポーランドから出て行ってしまう。大学から西欧に行き、そのままポーランドに帰ってこなかったり、多くの医者が西欧に流れ、国内の医療活動に支障が出るまでになっている。共産主義の名残で国立病院での診察は国民保険に入っていれば無料で受けられるが、それをいいことに病気でもない高齢者が大挙して押し寄せる。そこに医者が足りないというダブルパンチが加わり、診察の予約をしたくても２、３カ月後に来てくださいという話になってしまう。無料と聞くと聞こえはいいが、必ずしもこの医療制度が国民に対して適切な医療を提供できているとは言えない。人々は国民保険を払う義務を負っているが、たいていの場合は対応もよく、すぐに診察してくれる全額負担の私立病院を利用している。

様々な負の遺産の中で、最も深刻なのは伝統や文化が軽んじられしまったことだ。ある日、陶器職人と話している時、日本は陶器を含めその他多くの伝統を大切にしているので羨ましいと言う。聞くと、ポーランドでは陶器作りを習おうにも、共産主義時代に伝統が軽んじられ、担い手が失われ、しっかり学ぶなら外国に行かなくてはいけないからだと言う。資本主義となり伝統を見直す動きもあるが、一度失われた伝統工芸などを復活させるのは決して簡単なことではない。

共産主義下で人権などが制限されている環境に住んでいた人たちは、国に対してあきらめの気持ちも持つようになる。どうせ何も変わらない、何か言って逮捕されるぐらいなら我慢したほうがまし。活動すれば、本人のみならず家族まで危険にさらされることを知っているため、動きづらくなっていく。私の周りには地下活動をしていたために突然父が姿を消したり、飼っていた犬が不審な死を遂げたりしたという友人がいる。また秘密警察によって殺害されたと思われるケースでも、当時はほとんどが『自殺』として処理された。抑圧された社会の中で、人々は成功できるかどうかは自分にはよらず、環境次第であると考えるようになっていく。自由主義社会で大成している人は失敗を環境ではなく自分のせいにすることで、反省が生まれ伸びていくことができる。それができない共産主義は人々のやる気を奪うシステムだと言える。頑張っても変わらないという環境は『過程ではなく結果だけを見る』という価値観をも生む。これもまた、自由主義社会になってからも苦労して成功した人を見る時、過程ではなく結果だけを見て羨むというゆがんだ見方を方向づけた。

もちろんこれは共産主義だからと簡単に話を片づけることはできるが、そこで終わってしまっては残念ながら学びは生まれない。ポーランド人の中には共産党政権を打倒し、立ち上がった多くの国民がおり、その動きはポーランドから中東欧の他の東側諸国へと広がっていった。自分の国は自分で作る。自分の子どもたちに住みやすい環境を残したい。その一心で多くのポーランド人が危険を顧みずに立ち上がったことは称賛されるべきであると同時に、共産主義を知っているからこそ自由主義の大切さが分かるというのはポーランドの強みだ。

では、日本はどうだろう。物質的に恵まれ、言論の自由、職業選択の自由も与えられている。一方では心の貧困が叫ばれ、選挙権が与えられているにも関わらず、投票に行かない人も多い。ポーランドではその選挙権を得るためにどれだけの犠牲を払ってきたことか。

ポーランドを知ることで、日本はいかに恵まれた国であるのかを今一度考えたい。自分の中で好都合なことだけを真実だと考え、世界の現実から目をそらしてしまっては目の前の幸せが見えづらくなってしまう。現在のポーランドは共産主義下で人生の大半を送ってきた人と、自由主義社会のみを知っている世代が混在している。世代が完全に変わったとしても、祖父母世代が戦ってきた歴史はしっかりと受け継いでいかなければならない。

違法滞在から学んだ「失敗」を「価値」に変える考え方

「違法滞在状態です。国外に出てください」

そう告げられたのは２０１１年の冬であった。その数日後、私はリトアニアに向かうバスに乗っていたが、まずはそうなった経緯から説明しよう。ポーランドで外国人が滞在する場合、ビザか滞在許可証を取得する必要がある。ビザとはポーランド入国前に、母国のポーランド共和国大使館に申請し取得するものである。一方の滞在許可証は、日本人にとってポーランドのような一定期間ビザなし渡航が可能な国に行った場合、入国後に受け入れ国側の移民局などに申し込むものである。私は今まで後者のみを5回利用してきた。入国関係の法律は毎年のように変わり、一年前と同じような取得手順を踏んだとしても受け付けてもらえないなんていうことはしょっちゅうだ。外国人にとってポーランドの入国管理法の改正などまで細かく把握することは困難であり、多くの場合、申請代行業者にその業務を委託する。私は元々、大の節約家で、申請を全て自分でやってきた結果として違法滞在につながった。節約どころかリトアニア往復費がかかったため、結果的に必要ないはずの出費となってしまった。とはいえワルシャワとリトアニアの首都ヴィルニュス間の往復バスチケットは３６００円で、結果的に払った以上の経験を得ることができた。

違法滞在宣言を受けたのは3回目の申請に行った時だ。申請前、次の申請時期を聞くため、私は移民局を訪れていた。国籍によって適応されるルールは異なる。例えば隣国のベラルーシ人には日本人に認められているような一定期間のビザなし滞在権は与えられていない。そのため一日旅行するにもビザを入国前に取得する必要がある。一方私のような日本人の場合、ビザなしで入国、９０日間の滞在が可能だ。当時、私は9月で滞在許可証が切れる状態で、いつまでに次の申請をすればいいのかを聞きに行ったのだ。その時の話を紹介したい。

担当者「滞在可能最終日から４５日前までに申請してください」
私「私は日本人で９０日間はビザなし滞在ができます。今の許可が切れてからそちらに切り替えて滞在を続けることはできますか？」
担当者「はい。問題ありません」
私「ということは、カードは9月に切れるので、その後はビザなし滞在の範囲内で住み続け、１１月中旬までに申請すればいいですか」
担当者「もちろん。それで大丈夫ですよ」

それを聞き安心し、１０月に余裕を持って分厚い申請書類と共に移民局へ向かった。しかしその時の担当者は私の古いカードを見て、違法滞在だと言う。どうやら滞在許可証が切れてからも９０日ルールでの滞在は可能だが、その場合は切れたその日をまたいで一度ポーランド国外に出なければいけないという法律があるらしい。ここにきて前の担当者から引き続き滞在できると聞いたと開き直ったところで、自己責任と言われて終わり。そんなことはポーランドではよくある。共産主義時代は政府が真実を伝えないのは常識で、信じる方が馬鹿だという世界だった。そこに自由主義社会でぬくぬく育った私のようなひよっこ日本人がぽんっと入ると、人を信じて馬鹿を見る。その担当者が異様に落ち着いており、「よくあることなのよね」と言う。さらにポーランドの法律は分かりにくく、よく変わることに対して自分たちも困っていると文句を言い始めた。いつの間にか世間話となり、目的を忘れ始めた頃、私は「そういえば、そもそもの話なんですけど」と違法滞在という状態をどうすればいいのか伺った。

担当者Ｂ「とりあえず一度出て、戻ってくればそれでいいよ」

私「どこでもいいんですか？」

担当者Ｂ「いいですよ。近場はリトアニアで、違法滞在の人がよく行くわよ」

私「でもリトアニアだとシェンゲンエリア内（国境でパスポートの提示は必要なく、自由に行き来できるエリア）で出国証明ができませんよね？」

担当者Ｂ「リトアニアのポーランド大使館に行って、そこにあなたがいたという証明があればそれで大丈夫です」

実は私は、滞在許可がちょうど切れる時にポーランド南部の山に登り、そのまま国境を越えてスロバキアに入国していた。しかし写真はあっても公的に出国したとする証明にはならない。もちろんポーランドがシェンゲンエリアに入る前は国境を超えることは禁止だったが、山の上に柵があるわけでもなく、登山者は違法ではあっても自由に国境を越えて遊んでいたそうだ。ちなみにウクライナは今でも自由には入れない。以前、ポーランドからウクライナ、スロバキアと三カ国の国境がぶつかっている地点まで登ったことがあるが、そこでは自由にウクライナに入ることができる。そのまま入って麓まで下りて捕まれば問題となるが、数分入って戻ってくる分には誰も気にしていない。日本では考えられないが、欧州の国境管理はとても大変で、シェンゲンエリア内で国境管理をやめたことも十分理解できる。

数日後、私は大学院での授業も仕事も休んでリトアニアに向かった。さっさと大使館で書類をもらって街を散歩するつもりだったが、首都ヴィルニュスにあるポーランド大使館では、結局着いて申請してから5時間以上待たされた。初めからそんなに待たされることが分かっていれば外に出て山のひとつも登ってこように、国こそ違えどやはりポーランド大使館はポーランド文化で動いている。

「少しお待ちください」の少しは、説明もなく数時間になることはざらにある。結局私は観光どころか、大使館の壁に貼ってあるポスターというポスターを覚えるほど読んだだけで、街は全く見ずにポーランドへと戻った。「日本だったらこんなことないのに」という言葉が何度も頭をよぎった。しかし「日本じゃない」のだから受け入れざるを得ない。「がんばっても報われない」という共産主義下に長く生きていると、「がんばれば報われる」政治体制に移行したとしても、心持はその後もしばらく変わらない。そのいい例がここで挙げたようなポーランドの行政だ。期日通りに書類を作らない。縦割りでさんざんたらいまわしにされた上、最初からやり直しなんていうのもざらにある。何度も経験するといちいち腹を立てている自分が馬鹿に思えてくる。心の平安は曖昧さが支えてくれるようになる。ポーランド帰国後、またゼロから滞在許可証を申請し、罰金を払うこともなく違法滞在という壁を乗り越えた。私の周りには滞在許可証が切れた時に入院しており、そのまま病院内で違法滞在になった友人もいる。違法滞在と病気で心も体も痛めつけられたその友人に比べたら、まだ私のケースはかすり傷程度だったのかもしれない。ちなみに現在では、滞在許可証が切れてから引き続き90日間滞在することは合法となっている。

行政という面に関してもう一つ私の体験をお伝えしたい。それは2012年1月にポーランドで運転免許を取得したときだ。私は当時、日本とアメリカの免許を持っていた。日本の免許をそのまま差し出せばポーランドの免許は無条件でもらえるのだが、流石に苦労して取った日本の免許を手放したくはない。一方のアメリカの免許は期限切れも近く、当分はアメリカに行く予定もなかったため差し出すことにした。すると担当者から「アメリカの免許は試験も適当で信用がないので、技能試験は免除しますが、筆記試験は受けてください」とのこと。アメリカでの試験が適当ということは私も重々承知しているので特に反論はない。それでもポーランドでの技能試験はとても難しいので、アメリカの免許と切り替えに技能試験を免除してもらい、筆記試験だけを受けることにした。技能試験は場所によって難易度が異なることでも有名で、ワルシャワのある試験所では受験料を稼ぐためにあえて合格基準を高くしていたことが問題になったほどだ。試験対策として友人から一冊本を借り、これだけやれば合格できるだろうと言われた。

こちらも移民法のように問題内容はよく改正される。私が一冊終えた頃には試験範囲が少し広くなり、結局より多くの教材から学ばなければならなかった。サッカーでいえばゴールラインが見えたと思ったら、それはハーフラインだったという気分だ。節約志向の私にとって、落ちたら2回目の受験料を払わなくてはいけないというプレッシャーはいい意味で試験勉強の励みとなった。

試験は合格したがここからが本題だ。試験を受けたのは２０１１年の春であった。その後何と免許を受け取ったのは一年後。その間何度も状況確認に行ったが、免許センターの言い訳は「アメリカの免許が本物かを確認するのに時間がかかっていまして」とのこと。結局私がアメリカの免許センターに一本電話を入れ2分で解決した。免許センターの職員はみな40代以上であり、恐らく英語を話すことへの抵抗からアメリカに連絡さえ入れていなかったことが分かった。やらなければならないことでも都合が悪いことはやらない。発行期限があっても何もしない。まさに共産主義時代の負の遺産が現在に残っている例だ。

私が今まで経験したポーランドでの壁。その土台は共産主義時代に作られたものが多い。不都合なことがあるとポーランド人も「共産主義時代のなごりだ」とよく言う。ポーランドという国は表面的に見れば自由主義社会だが、まだまだその裏には共産主義が残っている。ポーランドだけではない。多くの旧東側諸国は程度の違いこそあれ、ある程度の共通点を持っている。それだけ共産主義が人間の精神面に与えた影響は大きく、目に見えないが、長年残り続ける放射能のようである。

しかし様々な苦難は私に多くの学びを与えてくれた。困難に出会ったときの付き合い方。受け入れ挑戦するか、泣き寝入りするか。できることなら挑戦した上で後からその困難を分析し、その分析に基づいて次の困難と戦うための武器を作りたい。過去の失敗も将来に生かせれば利用価値があるというものだ。

第4章

先人が築いた絆を引きつぐ

「政治は結果だが、人生は過程だな」

２０１８年９月、カウナスの杉原千畝記念館の前に立ち浮かんだ言葉だ。その日はスギハラウィーク最終日。コンサートを終え首都ヴィルニュスに戻る前、私はひとり記念館に立ち寄ったのだった。

私がリトアニアに呼ばれたのはまさに、１９４０年にリトアニアでユダヤ人を中心とした避難民にビザを発給し、多くの人々を救った杉原千畝のおかげだ。コンサートの最後にもらった花束を見ながら、私は会ったこともない杉原千畝に感謝した。杉原が作った歴史の上に私は立っている。杉原千畝は後世の人々に感謝されたくて自己献身を行ったわけではない。あくまで彼は目の前にいるユダヤ人たちを助けたいの一心で２１３９枚のビザを発行し、家族単位で発行されたビザがあることを考慮すると約６千人の命がつながれた。ビザの発行が間に合わず、カウナスに残されたユダヤ人たちはソ連軍に殺された。それを考えると杉原のビザはまさに命のビザである。私たちは本当に多くの命の上に生きている。杉原千畝の功績がなければ今、親日国としてのリトアニアやポーランドはなく、私がカウナスに呼ばれたのはその恩恵にあずかっているに過ぎない。この絆は次世代につないでいかなければならない。誰が？　もちろん私たちの世代がである。杉原千畝以外にも本当に多くの先人たちが日本とポーランドのために尽力してきた。それは必ずしも親日国ポーランドを作ることを目的とした活動ではなかったかもしれないが、結果的に今いる私たち在ポーランド邦人たちにとって、居心地のいい親日国ポーランドを残してくれた。ただ、その恩恵にあずかるだけではあまりにも無責任であり、私たちはそのバトンを受け取り、次の世代に引き渡す責任がある。できることならさらに深め、強くした絆を残したい。私たちは今、見えている世界のためだけに生きているわけでも、自分や周りにいる人たちのためだけに生きているわけでもない。私たちは歴史的なつながりの中に生きている。それをどのような絆にして次世代に残すのかは今を生きる私たちにかかっている。

人は自分のためだけを考えて行動しても決して大成はできない。人のために生きた人間のみが、結果的に自分自身の幸せをも手に入れている。あなたは明日死なないという確証はあるか？　あると答えられる人はこの世界７０億人の中に一人もいないだろう。

では今日をどう生きるか。自分のために生きたところで死んだら何も残らない。しかし人のために生きたとしたら、あなたのバトンはこの世に引き継がれるだろう。そこに生きる意味があるというものだ。本当の幸せというものは、その人の人生が終わったあとにも周りの人を幸せにし続ける。

日本が支えるポーランド

私のふるさと長野県とポーランドの間には様々なつながりがある。その代表格がポーランドを初めて公式訪問した日本人である福島安正だ。福島は嘉永５年（１８５２年）松本藩の出身。明治２０年（１８８７年）からドイツのベルリン公使館に駐在し、欧州の情報分析などを行っていた。５年後、日本に帰国するにあたり、ベルリンからポーランドを通りシベリアを抜ける約１万８千キロ、１年４カ月の単騎行を行った。当時、ポーランドはヨーロッパの地図上にはなかったが、福島はワルシャワなどでポーランド人と接触し、ルートに関するアドバイスなどを得ている。さらに福島のポーランド人との関わりはポーランド領内だけではなく、全行程に及んでいた。なぜならロシア帝国によるポーランドの長期支配において、多くのポーランド人がシベリア送りとなっていたためだ。ロシア領内で福島はポーランド人コミュニティを辿って行った。当時シベリア鉄道は建設中。福島はこの鉄道が完成すれば極東に物資のみならず軍を送ることもできるため、日本の脅威になることを予想し本国に報告していた。こういった詳しい情報も、恐らく主にシベリア鉄道建設のために駆り出されていた多くのポーランド人からもたらされたものだろう。

日露戦争が始まったのは明治３７年（１９０４年）のことである。当時、ポーランドは国こそなかったが日本とのつながりを持っていた。ここで主役となる人物は明石元二郎である。当時明石はロシア公使館付として中立国スウェーデンの首都ストックホルムにて諜報活動に従事していた。明石はロシアの弱点は民族問題だと見抜いており、ポーランド人を含むロシア国内の非ロシア人による後方かく乱作戦を画策。明石がポーランドのクラクフで接触した人物の一人にポーランドで国民同盟を率いていたロマン・ドモフスキがいる。明石の諜報活動は日露戦争を優位に進める上で日本も重視しており、多額の活動予算が割かれた。その資金で抵抗運動組織に武器を供与したり、鉄道破壊工作の立案などが行われた。全ての計画が上手くいったわけではないが、デモやストライキへの対応でロシア軍は一定の兵力を割かれることとなる。その分、極東が手薄となり、日本は日露戦争を優位に進めることができた。日露戦争で日本が戦っていたのは極東だけではなかったのだ。戦後、明石の活躍は日本陸軍最大の諜報戦として称えられ、ドイツ皇帝のヴィルヘルム二世は「明石一人で、満州の日本軍２０万人同等の戦果を上げた」とまで言っている。明石はポーランドが独立した１９１８年の翌年、５５歳で亡くなった。

日露戦争において西の主人公が明石だとすれば、東の主人公は東郷平八郎だ。連合艦隊を率いて日本海海戦を戦い、当時世界最強と言われたロシアのバルチック艦隊を一方的に蹴散らしたことではあまりにも有名だ。私は渋谷にある東郷神社を訪れるたび、日露戦争で命を懸けて戦った先人たちに敬意を表さずにはいられない。日露戦争がのちのちのポーランド独立にもつながり、ポーランド人の親日感情を大いに高めたからだ。もちろん東郷平八郎がポーランドのことを考えて戦線に赴いたとは思わないが、結果的にポーランドに多大なる影響を与えた日本軍人となった。ポーランドには日本学の父と言われる故コタンスキ教授（１９１５—２００５）がいる。

ある日、コタンスキ教授の最後の弟子であった梅田アグニェシカ日本学科教授に自宅でお話を伺っていた際、そもそもコタンスキ教授はなぜ日本に興味を持つようになったのか聞いた。梅田教授は日露戦争とその後ポーランドで巻き起こった日本ブーム、日本関連本の出版ブームなどについてお話しになり、最後にこう教えてくれた。

「コタンスキ教授は子供のころ、祖母にアルバムで日露戦争や東郷平八郎の写真を見せられて育ったの」

日露戦争は有色人種が世界で初めて、白人国家との戦争で勝利したことで知られる。しかし日露戦争で日本が戦ったのはロシア人だけではなかった。多民族国家ロシアで前線に送られたのは多くがロシア人以外の民族であり、その中には多くのポーランド人も含まれていた。彼らからすれば祖国を侵略し、地図上から１００年以上も消し去ったロシアは命を懸けて戦い守るべきものではなく、むしろ敵対すべき対象であった。それを日本側も重々承知していた。日露戦争が始まった１９０４年の夏、ポーランド社会党代表のピウスツキとポーランド国民連盟代表のドモフスキが来日した。両者は政治的に対立していたものの、日本に対しては共にポーランド独立のための支援を要請。ピウスツキはロシア側の前線にいるポーランド人に対し、日本軍に投降するように呼び掛けている。彼らの働きもあり、日本はポーランド人捕虜をロシア人捕虜とは分けて厚遇した。１８６４年に結ばれた戦時捕虜の取り扱いに関するジュネーブ条約。その後、１８９９年にオランダのハーグ平和会議でジュネーブ条約を海戦にも適用することが決まる。日露戦争はその条約が最初に適用された戦争であり、日本は条約を順守し捕虜を手厚く扱ったのだ。日本に収容された捕虜の数は７万人を超え、その中には５千人近いポーランド人がいたと言われている。日本国内には３０近くの収容所があり、ポーランド人が主に収容されたのは松山であった。収容所といってもポーランド人捕虜たちは出入りも自由で、市民との交流も頻繁に行っていた。自分の部屋で鳥を飼ったりと「捕虜生活」という言葉からは考えられないような生活を送っていた。そのためポーランドへの帰国を拒み、恋をした日本人の看護師に結婚を申し込んだというケースもあったと聞く。

松山には長い間ロシア人墓地があったが、ワルシャワ大学日本学科のルトコフスカ教授と、稲葉千春名城大学教授等の調査により、松山の墓地にはポーランド人と思われる１２の墓があることが判明した。その他、１５都道府県で同様の墓が９４確認され、そのうち３７名が不名誉にもロシア人として埋葬されていた。現在、松山のロシア人墓地はルトコフスカ教授と稲葉千春教授の功績により、ロシア兵墓地と名前を改めて存在している。

ここでポーランド孤児の話に移ろう。前に述べたように歴史上、シベリアには多くのポーランド人が強制連行されていた。２０世紀の初めには２０万人にも達すると言われるほどのポーランド人がおり、その中には５千人近い子どもたちがいた。彼らの惨状を憂い、１９１９年にアンナ・ビエルキェヴィチを会長としたポーランド救済委員会が設立される。当時、シベリアにはロシア領内で足止めになっていたチェコスロバキア軍を救出するという名目で、日本以

ルトコフスカ教授（右）と稲葉教授（左）

外にもイギリスやフランス、アメリカが出兵していた。ポーランドはまずこの欧米三カ国に子どもたちの救出を依頼したが、三カ国とも１９２０年までに撤退してしまう。最も頼りとしていたアメリカ赤十字も軍の撤兵と共にアメリカへと帰国してしまったのである。委員会が集めた支援金もインフレにより紙屑同然となり、頼れるのはシベリア出兵を続けていた日本軍のみだったのだ。なぜ日本はアメリカや、当時同盟を組んでいたイギリスのように撤兵しなかったのか。その理由として『尼港事件』という赤軍パルチザンによる日本人大量虐殺事件が挙げられる。この事件によって日本の世論が硬化し、軍は撤兵の決定を下さなかったのだ。それが結果としてポーランドの孤児たちにとっては幸運だったと言える。

ビェルキェヴィチ会長は１９２０年６月１８日に日本国外務省を訪問し支援を要請。なんと１７日後の７月５日、日本は孤児たちの支援を決定しているのだ。日本も第一次世界大戦後の不況で財政的に苦しんでいたにも関わらずである。第一次救済では計３７５人の子どもたちと３２名の保護者が救出された。彼らはウラジオストクから敦賀に入港。その後東京に滞在し、翌年アメリカを経由してポーランドへと戻った。第二次救済では計３９０人の孤児たちがウラジオストクから敦賀、大阪から船でインド洋、地中海を渡り海路での帰国を果たした。多くの日本人は歴史教科書でシベリア出兵については学ぶが、そこで日本軍が何をしていたのかまではほとんど知らない。実際に中身を見てみると、ポーランド救済委員会と共に孤児たちを集め、安全な日本まで送り届けるために奔走していたという事実が浮かび上がってくる。孤児たちが訪れた日本では敦賀や東京、大阪、神戸を含む日本全国から子どもたちに対し多大な寄付や支援が与えられた。

そもそもなぜ、陸路で帰国しなかったのかと思う人もいるだろう。第一次世界大戦末期の1917年、当時ロシアの首都であったペトログラードで革命があり、その後、ロシア国内は混乱状態に陥った。それに追い打ちをかけるかのように1919年にはポーランド・ソビエト戦争が勃発。結果として陸路でロシア領内を通ってポーランドに帰国することが不可能になったのだ。

日本に救われた子どもたちはポーランドに帰国してからも日本を想い、日本の素晴らしさを後世に伝え続けた。彼らの活動が今の親日国ポーランドを支えていると言っても過言ではない。日本軍や日本赤十字は親日国を作ろうと活動していたわ

日赤病院の看護婦とポーランド児童　東京 1920 年

けではなく、あくまでも人道的観点から武士道精神を発揮したに過ぎない。しかしそれが結果として現在ポーランドに住む日本人に、温かい環境を提供しているという事実を忘れてはならない。

ちなみにこのポーランド孤児に関し、ポーランドで長年取材をし、多くの記録を残してきたジャーナリストがいる。その方の名は松本照男。ポーランドに留学生として来て以来５０年、孤児たちとの交流を深めていった。ポーランド孤児について松本さん以上に知識を持っている日本人はいない。８０年代からはワルシャワ大学の教育学博士であるタイス教授と共に孤児に関する取材や交流、日本とポーランド両国での資料収集をなさっている。孤児の話は今となってはマンガ化、映画化され、少しずつ認知度が高まっている。その裏には松本さんを初め孤児たちが滞在していた福田会（渋谷）、人道の港ムゼウム（敦賀）など多くの人たちの尽力がある。

最後にまた杉原千畝の話に戻りたい。２０１８年9月、和太鼓演奏家として私はリトアニアのカウナスに呼ばれ、スギハラウィークに参加した。育桜会の寄付で日本カウナス友好公園には５０本の桜が植えられ、子供たちが凧あげをしている。そんな私たちの頭上に飛行機が横切ったかと思うと、なんとその飛行機には鯉のぼりが結び付けられているではないか。鯉のぼりは何度も公園の上を泳ぎ、私たちの目線を釘付けにした。記念コンサートのステージで何より感動したのはリトアニア少年少女合唱団による『君が代』斉唱であった。歌いながら私の目には涙があふれてきた。ここまで日本のことを想ってくれているのか。杉原千畝は約６千人の命を救ったが、それだけではなく、今ここにいる私たちの絆を作った。実は私がリトアニアに行っている間、在リトアニア日本国大使館の方にリトアニアの邦人数を聞いたところ、登録しているのは大使館員を含めて１８人という答えが返ってきて思わず耳を疑った。ポーランドで在留届を出している日本人は約１７００人おり、隣国でありながらここまで違うという事実。私がリトアニアにいる邦人数を聞いた理由は簡単。スギハラウィーク、同様に同じ時期に首都ヴィルニュスで行われていた日本祭りは共にリトアニア人が主となって運営されていたためだ。日本人がいないところで、日本人に代わって日本をアピールし、日本好きなリトアニア人を増やしてくれている。私がヴィルニュスやカウナスで行ったコンサートは、そんなリトアニアへの感謝を音にしたに過ぎない。

ポーランドが支える日本

冬になると日本同様ポーランドでもインフルエンザが猛威をふるう。ただこれは暖冬の場合という条件がつく。近年、ワルシャワではあまり雪も降らず、氷点下にならない日もあるなど暖冬が続いている。以前は膝下まで雪が積もったこともあり、マイナス２０度以下の気温というのもよくあったが、ここ数年は経験していない。インフルエンザウイルスは厳しい冬はその寒さに耐えられず死滅し流行ることはない。しかし暖冬となれば話は別。私は２０１７年以降、インフルエンザの予防接種を受けるようにしている。健康診断書を医者からもらい、それを持っていかないとワクチン接種は受けられない。病院で健康診断のため列に並び、診察室に入った。医者は私を見て日本人だと分かると、質問の嵐を浴びせた。日本に行くならいつがいいのか。訪れるべき場所は。食べるならどこで何を。行き方は。しばらく話をしてから医者は私にこう言った。

「話している感じでは元気だね」

そういって私に診断書にサインをする。私は口も開いていなければ、聴診器も当てられていない。触診ならぬ話診を受けた私はその診断書を出してワクチン接種を受けた。このようなことはしょちゅうだ。

大学院進学前の健康診断（２０１０年）

医者「元気？」
私「はい」
医者「アレルギーとかは？」
私「特にありません」
医者「最近何か大きな病気した」
私「いいえ」
医者「生きてるんだから心臓は動いているわよね」
私「…？　そりゃあもちろん」
医者「じゃあ大丈夫だね。診断書を出しましょう」

運転免許取得時の健康診断（２０１２年）
医者「目まいすることある？」
私「いいえ」
医者「目や耳に異常は？」
私「ありません」
医者「じゃああそこにある右上の絵は？」—そう言ってペンで視覚調査図「C」を指す。

私「右が開いています」
医者「うん、問題なし」
この時に聞かれた視覚調査図は一番大きなひとつだけ。それも両目で。ポーランドで私が免許を取った時期は更新制度はなく、一生使える。高齢ドライバーの事故が社会問題になっていた時期で、私はその理由がよく分かった。

話を元に戻そう。２０１８年、私は再び同じ病院を訪れ、予防接種を受ける前に診察室に入った。そこにいたのはまたあの医者だ。私を見るすぐに「去年話して行きたくなって、この夏に妻と日本行ってきたよ」と話し始める。私のアドバイス通り高山にも行ったそうだ。
今回は１０分以上話し、「あなたは健康だと知っている」とのことでまたもや話診で診断書をもらった。前にも話したが、ポーランドでは病院で時間通りに入れることはほとんどなく、一時間単位で待たされることもある。私が入った時にはすでに時間が押していたにも関わらず、２分で終わるはずの診察が１０分もかかり、さらに後ろの人に迷惑がかかった。とはいえ私の後ろで待っていたのは妻だ。診察室を出ると仁王立ちの妻から「なんでこんなに長いの？」と不満をぶつけられる。理由を説明すると「日本人であることを隠すのも時には利口！」という無理難題を突き付けられ、そのまま診察室に入っていった。その後妻も10分近い話診を受け、出てきてからさらに怒ってこう言った。「なんで私があんたの妻だって医者にばらしたの！」

病院だけではない。ある日、ロケが午前一時過ぎにまで及んだため家までタクシーで帰ることになった。タクシーの運転手はバックミラー越しに私を見て「日本人？」と聞く。そうだというと彼はかぶっていた黒い帽子を私に見せた。そこには『極真会』の文字が。家までは車で約40分。その間ずっと、なぜ彼が日本が好きなのかを語られた。私は眠い目をこすりながらも頑張って口だけは動かした。

こんなこともあった。今までポーランド国内でツアーガイドなどを行ってきた経験から、日本人が訪れやすいポーランド作りの一環として、2018年には二つの施設を選んで日本語のパンフレットの作成を打診。ひとつはクラクフにある聖マリアツキ教会であり、こちらはすでに日本語のパンフレットが利用可能だ。そして年の暮れから協力してるのがパヴィアック刑務所博物館である。パヴィアック刑務所は1835年から1994年まで実際に機能しており、長年ロシア帝国によって多くの政治犯が収容されたてきた。ナチスがワルシャワを制圧してからは、子どもや妊婦を含む多くの一般市民が収容され、その中には小児科医であり作家でもあったヤヌシ・コルチャックや、長崎でも布教を行っていたコルベ神父、牢獄内で日本人形を作ったカミラ・ジュコフスカ、ポーランド孤児としてシベリアから日本軍や日本赤十字によって救われたイノツェンティ・プロタリンスキなど日本と関りがある収容者も多かった。第二次世界大戦中の受刑者は１０万人。そのうち約４万人が銃殺刑となり、約６万人は強制収容所に送られたと推定されている。ここは日本人がよく訪れる一方で、日本語での説明がなくパンフレット作成を提案したのだ。

ある日、館長と話をするために博物館を訪れると、管理人は門越しに閉館時間だからもう無理だと私に目もくれず、軽くあしらうと門の鍵を閉めた。残念だと返事をしながら私が帽子を取ると、管理人は手を止め一言。「もしかして日本人？」そうだと答えると今度は鍵を開けて外に出てきた。どうやら彼は剣道家であり、少し日本語も話せるようだ。日本が好きだという話をした後、私に何をしに来たのかを聞いた。見学ではなく、日本語版パンフレットのことで館長と話しをしに来たというと、なんと館長室まで案内してくれた。もう閉館だからと帰宅を急いでいた人が、相手が日本人だと分かるといきなり笑顔になり、急いでいたことが嘘のように対応してくれる。ポーランドでは田舎に行ってもこのような状況によく出会う。日々思わぬところで日本人であることだけで得をしてばかりだ。だから私はビジネスメールの最後に「ちなみに私は日本が好きです」なんて書かれると、その依頼を断れない。日本車についてなぜか私が性能を褒められることもよくあれば、テレビやラジオにも『日本人』として呼ばれる。私が初めて会った日本人だと言うポーランド人も多いが、概してみな日本好きである。なぜそのような親日国になったのか、主要人物を中心に歴史を少し紐解いていこう。

日露戦争時に来日し、ロシア軍内のポーランド人に投降を呼びかけるビラを配布したユゼフ・ピウスツキについては前に紹介した。彼は後に初代国家元首となり、ポーランド共和国の建国の父と言われ、今でも多くの街でピウスツキの銅像や記念プレートなどを目にすることができる。彼には1歳年上の兄ブロニスワフ・ピウスツキがいた。そしてその兄もまた日本との深い関りを持っていた。１８８７年にロシアのアレクサンドル三世の暗殺計画にかかわったとして、樺太へと流刑になったピウスツキ兄。しかしこれが彼の運命を決めた。刑期を満了してからもポーランドに戻ることはなく、ウラジオストク滞在などを経て調査のために樺太へと戻る。彼の研究対象はアイヌ民族だ。樺太では蝋管蓄音機を使いアイヌの会話を録音するなど、今の世界に数々の貴重な資料を残した。１９０２年には集落アイの村長であったバフンケの従妹チュフサンマと結婚し、一男一女をもうけた。今では世界的に著名なアイヌ研究者として語られる。

次にポーランド南西、チェコとの国境にあるノヴァ・ルダという街にまつわる話をしよう。ここでは毎年日本のイベントが行われている。それはフランツ・エッケルトという人物が生まれた街であるためで、設置されているエッケルトの銅像の下にはこのような説明がある。

「フランツ・エッケルト　1852年4月5日ノヴァ・ルダ生まれ　1880年大日本帝国国歌『君が代』を、洋楽器を使ったスタイルに編曲。1916年8月8日ソウルにて没　ノヴァ・ルダ　2006年11月3日（著者訳）」

なんとこのノヴァ・ルダは、日本の国歌『君が代』の西洋和声編曲を行った人物が生まれた街なのだ。そもそも君が代はいかにして国歌となったのか。江戸時代、鎖国の影響もあり海外との接点が少なかった日本には、国歌を持つ必要がなかった。国歌とは主に海外との交流の中で、オリンピックで流されるように、国を音楽で表現するためのものだ。そのため、日本が国歌の必要性を意識し始めたのは開国後であった。その際、新しく何かを作るのではなく、国民に広く知れ渡っていた古今和歌集の君が代が国歌として採用された。作曲を担当したのは宮内省雅楽局の林廣守（はやしひろもり）と奥好義（おくよしいさ）だったが、当初は雅楽であり国内向けでしかなかった。対外的に使える国歌とするためエッケルトに編曲を依頼したのだ。エッケルトは1868年から1912年まで日本に滞在した作曲家である。1852年4月5日にノヴァ・ルダで生まれ、27歳の時に音楽教師として来日。1880年に君が代に伴奏、和声をつけた。君が代は現在、世界で最も短い国歌である。とても平和的な内容であることでも知られている。

ちなみにポーランド国歌は『ドンブロフスキのマズルカ』というタイトルで、ドンブロフスキ将軍の軍歌として通常は4番まで歌われる。参考までに1番を訳しておこう。

ポーランドは未だ滅びず　私たちが生きている限り
外国に奪われたものを　私たちは刀を持って取り戻す
進め進めドンブロフスキ　イタリアからポーランドまで
将軍の導きの前では　私たちは国民である

なぜイタリアが出て来るのか。理由は簡単で、その頃ポーランドは地図上から姿を消していたためだ。一方でフランスは長い間ポーランドとは友好関係にあり、フランスの支援によりイタリアで亡命していたポーランド人を中心に軍団が編成されたのだ。ヨーロッパの歴史は戦争の歴史であり、戦争を繰り返して国民性というものを形成してきたという背景がある。それは国歌にも表れているのだ。　前に祝日はその国の特徴を示すと記したが、国歌もまた同じである。日本というのはどういう国家なのか、国歌を通してこの際もう一度考えてみたい。

次にポーランド人がどのように日本を分析していたのか、まずは日露戦争の時にピウスツキと同時期に日本を訪問し、ポーランド人捕虜の収容所の視察なども行ったロマン・ドモフスキを例に挙げよう。彼は日露戦争前後に『Myśli nowoczesnego Polska（現代ポーランド考）』を出版し、その中にある『Naród a Państwo（国民と国家）』という章で以下のように日本について書いている。

国家があって国民がある。ある土地で、ある名の元、ある権力や組織、相互依存関係があり、対外的にまとまった政策を持つ。そしてより大きな全体のために個々の魂がまとまり、人類の歴史の中で最も強い道徳的な関係を作り出せるのは、個人の意志を超えたところで永続的なものが見いだせた時だ。ポーランド人でもイギリス人でもいいが、どの民族よりもまずは日本人を見ろ。日本は最も優れた国民の例を提示し、知られている限り世界一の結束力を持っている。日本人はそうしたいからではなく、そうあるべきだと考えており、全力で結束のために魂を捧げ、自分たちの過去に学び、目的を共有することこそが国民意識だと考えている。

今日、世界中の多くの人々が日本人を称賛しているが、日本人の長所は前の戦争（日露戦争のこと　著者補足）と、そこまでに捧げられた準備から見て取れる。世界の人々は関心を持つ

だろう。日本人が持っている美徳と能力はどこからきているのか。そして知るようになる。日本は世界中のどの国よりも政治力があり、どの民族よりも道徳心を持ち、国家を自らの手で運営するという意味で自分たちの義務をよく知っており、この点において世界中のどの国家もこの段階に達した例はない。

—中略—

日露戦争が世界に与えた影響とは、多くの欧米国家やキリスト教世界が考えてきたこととは違い、国家の発展というものは文明化だけでは不可能で、国家規模での健全な道徳心や思考力、魂のつながりとルーツ、国力、国民の健康な生活を考えるべきだという潮流を生み出した（著者訳）。

このような日本の国家全体主義が先の戦争を引き起こした。こんなものはない方がいいと言う人もいるだろう。しかしここでは『ポーランドの視点』から見なくてはならない。ロシアによって国を奪われた亡国の民が、ロシア軍として前線に駆り出され、その多くが日本に投降し捕虜となり厚遇された。日本はポーランドを長年苦しめてきたロシアに勝利し、その背景には当時の大国イギリスとの間に結ばれた日英同盟があった。日露戦争後、日本は国際社会の一員として一気にその地位を高め、第一次世界大戦では日本軍の地中海での大活躍もあり、連合国側が勝利した。その結果としてポーランドは独立を勝ち取った。こう見ていくと、日本がポーランドの独立に少なからずの影響を与えていたことが分かる。

当時、これほどまで日本を深く分析したポーランド人がいたということを考えてみてほしい。ドモフスキは日本語を話したわけでも、日本に長期滞在したわけでもない。にもかかわらずこれだけの考察ができるという点で、ポーランド人と日本人の間には一種の「言わなくても分かる」文化があるのではないかとさえ考えてしまう。

ピウスツキやドモフスキよりも日本人としてなじみがあるのは連帯を率い、後にポーランド大統領となったワレサ議長ではないだろうか。２０１９年現在７５歳と高齢であるが、お元気で政治的な影響力もまだ健在だ。ワレサ議長について有名なのは「私たちの国を第二の日本にしよう！」という言葉だ。共産主義政権の下、押さえつけられてきたポーランドの国民が立ち上がり、１９８０年以降ワレサを中心とした連帯運動が起こった。その後円卓会議を経てポーランドは民主化される。その立役者ワレサ議長はポーランドを再建するにあたり、なぜ日本を手本にしようと思ったのか。なぜ当時世界一の経済力を誇っていたアメリカでもなく、地理的にも近いフランスやイギリスでもなく、日本だったのか。もちろん日露戦争やシベリアでのポーランド孤児の歴史など、当時も日本についてよく知られていたのは事実だ。しかし、それ以上にワレサ議長に影響を与えたのは、ポーランドの民主化のために立ち上がったひとりの日本人の存在であった。彼の名前は梅田芳穂（１９４９―２０１２）。

東欧学者であった父の遺言によりポーランドに住むようになった梅田。連帯が始まると民主化活動に加わり、日本から印刷機まで運び込んだ。そのおかげもあり、連帯の地下広報誌発行能力が飛躍的に伸び、北部の港町グダニスクで始まった連帯の動きはポーランド全土へと広がっていった。梅田はその活動により当時の共産党政権より国外退去を命じられる。しかしそこで終わらないのが梅田の血なのだろう。なんと国外退去処分中、ローマにて当時法王であったヨハネ・パウロ２世（ポーランド出身の第２６４代法皇　１９７８―２００５）に接見していたのだ。あいさつ程度の時間しか与えられていなかったにも関わらず２０分も法皇と接見し、ポーランドの状況について話したそうだ。

法皇に謁見する梅田芳穂

共産党政権により１９８２年から８９年まで７年間も国外退去処分を受けていたが、外からポーランドにいる家族、そして民主化運動を支えていた男の存在。これほどの男に支えられたポーランドの民主化の歴史を知れば、レフ・ワレサがポーランドを「第二の日本にしよう！」と言っても何ら不思議ではない。

２０１６年１０月９日、私は衝撃のニュースにしばらく言葉を失ってしまった。

その日、私が敬愛するアンジェイ・ワイダ監督が亡くなったのだ。享年９０歳。私がポーランドと日本をつなぐ活動をする中でワイダ監督の存在はあまりにも大きく、自分が立っている土台が抜け落ちたような気がした。生涯現役であり、その年の春にお会いした時には、とても元気でいらっしゃった。監督は１９８７年に世界に大きな影響を与えた映画監督として京都賞を受賞。ポーランドの古都クラクフにマンガ美術技術博物館を設立したことは、監督が日本とポーランドに残した宝である。日本についてもとても深い見識を持っていらっしゃり、生涯監督が描いたスケッチの多くも日本でのものであった。いつ、どこでお会いしても包み込むような笑顔でお話になり、世界的な大監督ということを全く感じさせなかった。そんな監督も天に召されてしまった。しかし悲しんでばかりはいられない。監督は今後の日本とポーランドの関係発展を望んでいるだろう。そして、それができるのは私たち生きている者だ。いずれ私も死ぬ。悲しんでばかりいるよりも次世代のためにできること考え、いつか監督にいい報告ができるように今を生きていくだけだ。ポーランドにはワイダ監督がそうであったように、私の支えとなっている先生方が大勢存在する。

１９９５年、阪神淡路大震災発生。当時、在京ポーランド共和国大使館にはフィリペック商業参事官がいたスタニスワフ・フィリペック氏。職業外交官ではなく、ポーランド科学アカデミーに在籍する物理化学研究所の教授だ。１９４０年生まれで、父親は地下で対独レジスタンス活動に従事。１９４３年フィリペック氏が３歳の時にゲシュタポに逮捕され、マイダネク強制収容所で殺害された。この点はカティンの森事件で父親を殺害されたワイダ監督とも重なる。１９６２年、古都クラクフのＡＧＨ科学技術大学卒業後、ワルシャワ工科大学で働きながらワルシャワ大学で日本語を学び、１９７５年に東京工業大学にも留学。日本、台湾、フランス、ドイツ、アメリカなどの研究者と交流し、国際専門雑誌に１５０もの論文を発表している。１９９１年より駐日ポーランド大使館にて商務参事官に就任。その在任中に起こった阪神淡路大震災。

この惨状を見て被災児童をポーランドに招きたいと動き始めたフィリペック氏。頭には祖母から聞かされていたポーランド孤児や日露戦争の話しがあったと聞く。招待にあたりニエポウオミツェ町に協力を求めた。前年からニエポウォミツェ町と北海道士幌町との交流を促進していたという背景が後押しした。飛行機のチケット代を得るため、日本人の知り合いに協力を依頼し日ポ親善委員会を創設し、自ら会長に就任。活動には京都のロータリークラブのメンバーが募金活動にも協力し、ポーランドが生んだ世界的ピアニスト、ゲジョド氏の慈善ショパンコンサートも大阪で開かれた。ショパン音楽アカデミー元学長であったゲジョド氏は日本人びいきであり、多くの日本人をアカデミーに招き育て上げ、日本とポーランドの音楽界をつなぐ大きな役割を果たしてこられた。その他にも二人の日本人音楽家、深見氏と若杉氏により駐日ポーランド大使館で二度のコンサートは行われ、最大のスポンサーとなった。フィリペック氏の案は多くの賛同者を得、同年の夏休みに『森と湖の国ポーランド３週間の旅』が実現。小学４年生から中学３年生までの被災児童３０人がポーランドを訪問した。翌１９９６年の夏休みには第２回の招待があり、同様に３０人の被災児童が

ポーランドを訪問した神戸の子ども達

ポーランドで夏休みを過ごした。２回目に神戸から招待された被災児童たちは、フィリペック氏がお勤めのポーランド科学アカデミー所属ツェレスティヌフ高圧物理学研究所の中庭で開かれたお別れパーティーで、四人の元ポーランド孤児たちと対面している。７５年前、日本に助けられた孤児たちとの出会いは、神戸の児童達にとって大変大きな励みになったに違いない。

現在の日本では、阪神淡路大震災よりも東日本大震災の記憶が新しい。ポーランドは東日本大震災で破壊された気仙沼の幼稚園を再建している。主体となったのはポーランド人道アクションである。当時、日本で大使をしていたのはツィリル・コザチェフスキ氏。大使自身が車を運転し、被災地に何度も足を運んだことを優しく語ってくれる。ツィリル大使の笑顔がどれだけの被災者を勇気づけられたことだろうと思ってしまう。

最後に現在ポーランドの日本学界を牽引していらっしゃるワルシャワ大学東洋学部日本学科のルトコフスカ教授について述べておきたい。著書『日本・ポーランド関係史』（２００９年柴理子城西国際大学准教授訳）は日本ポーランド関係を知る上で多くの研究者が参考にしている。ポーランドに来た２０１０年、私はワルシャワ大学日本学科付属日本語日本文化講座で教えていたが、当時の学長がルトコフスカ教授であった。私が日本ポーランド関係で何か分からないことがあると、まず初めに連絡をお取りする先生であり、ルトコフスカ教授はポーランドと日本の関係発展のために活動する者にとって、大きな柱のような存在である。

先ほど述べたゲジョド教授は２０１８年４月に８１歳で他界なさった。先生は８０歳を超えてからもピアノの指導を続けていた。ワイダ監督も、生涯現役で周りからもずっと必要とされていた。必要とされ続けるほど幸福な人生はないと思う。なぜこのような人生を送ることができたかといえば、それはお二人とも人生の多くの時間を人のため、祖国のため、そして日本のために捧げて生きてきたからである。人のために生きることこそ長生きの秘訣なのだろう。ゲジョド教授やワレサ監督との出会いから、人を幸せにするために自分を高めたいと強く思うようになった。

私はこのように多くの日本通ポーランド人の先生方に支えられているわけだが、だれもが共通して持っているのは『ぬくもり』である。お会いして話すだけでその人の温かみが伝わってくる。何も知らずに会えば、その方が偉大な方だという事は分からないだろうし、誰も自分がすごい人であることは口にしない。才能を隠せるのも才能というべきか。能ある鷹は爪を隠すというが、私の周りにいらっしゃる日本関係の脳あるポーランドの鷹はみな鳩のような姿をしている。

私が日本ポーランド関係について本格的に動き始めたのは２０１１年、ポーランド日本語教師会事務局長に就任したのがきっかけであった。深く考えずに引き受けたわけだが、その後ポーランドと日本について知れば知るほど自分が背負っているものの重さを痛感した。ポーランドは日本留学のため文部科学省が課している国費留学試験で、非漢字圏世界一であることは知っていた。驚いたことにそれが２０１４年には中国と並んで同一世界一となったのである。日本学科の倍率は大変高く、ワルシャワ大学の場合は毎年３０倍前後。そんな日本学科を擁する大学は国内に四つある。ポーランドがＥＵに加盟したのは２００４年。その後西欧の国々を手本として伸びてきた。そのため日本語教育に関しても他国を参考にしようと昔は考えていた。研修などで他国を訪問するたびに日本語教育関係者と意見交換をしてきた。しかしこちらが学ぶつもりが、逆になぜポーランドはそこまで日本語教育が発展しているのかと異口同音に聞かれるのだ。そして気づいた。ポーランドは他国に学ぶのではなく、他国の見本となる日本語教育をしていかなければならないということを。欧州の日本学を牽引する国として発展させていかなければならないということを。そのためには私自身がもっと強くもっと賢くならなくてはいけない。その想いから上に挙げてきたような先生方に機会があるたびにお会いし、教えをいただいてきた。私はあまり頭がいい方ではないので、本を読んで学ぶより、実際に人と会って話して感じて自分の学びとするぐらいしかできない。今日は昨日よりも自分を高めるために存在する。そして明日は今日よりも成長した自分に出会える日だ。なぜなら昨日なかった知識を今日は持つことができる。そして今日会えなかった人に明日は会えるかもしれないのだから。

現在を生きる者の責務　自分一人では叶えられない夢を持て

家を支えるのは柱。人を支えるのは信念。その信念が人を動かす。ではその信念とはどこから生まれ、どう育み、どう活用すべきなのか。私は今、全世代を見た時にとても中途半端なところに自分がいるのではないかと感じている。なぜなら次世代に正しい知識や歴史、そして日本ポーランドの友好の絆をつないでいくと同時に、私の上の世代から今まさに歴史のバトンをつなごうとしている世代だからだ。ゲジョド教授やワイダ監督はすでに私たちにバトンを渡し、この世を去った。

今まで挙げてきた多くの人に共通するのは利他の精神であり、だからこそ多くの人に影響を与え、強い日本とポーランドの絆を私たちの世代に残してくれた。杉原千畝は６千人の命と引き換えに職を追われ、名誉回復までに長い時間がかかった。杉原の人生は必ずしも幸せなものではなかったかもしれない。しかし生き甲斐は感じていただろう。なぜなら生き甲斐とは、社会の中での役割から生まれるものだからだ。人生の価値は長さより、誰のためにどう生きたかで決まる。

私は長い間、自分の夢だけを追いかけて生きてきた。高校に入りたい。大学に入りたい。留学したい。太鼓を叩きたい。そして一つ一つの夢を時間をかけて叶えてきた。しかし、私が叶えることができない夢がある。それは「日本ポーランド国交樹立200周年を盛大に祝うこと」。2019年は両国の国交樹立100周年であるが、これは同時に200周年に向けた、そして300周年に向けた年が始まったことも意味する。私は100年後はもういない。しかし400周年も、500周年も今年よりも盛大に、後世の両国民が手を取り合って盛り上げていってほしい。それは私が作り上げる周年祭ではなく、私が見れる周年祭でもない。だがそれこそが私の夢だ。自分一人の人生では叶えることができない夢を持つことこそ、停滞しない人生を送るためのコツではないかと思う。自分のための夢は自分が死んだら終わりだ。会社のための夢だって、会社が潰れたら終わる。だから私は後世のための夢を見たい。どんな命も必ず終わる。しかし命はつなぐことができるというところに意味がある。この夢はバトンをつなぐ旅であり、決して最終目的地があるわけもはない。私が先人からつないだバトンには、先人の夢が詰まっていた。私はそこに私たちの世代の夢を詰め込んで、次世代に渡したい。こんな夢が世界中に広がれば、必ず世界は平和になる。

しかし日本でもポーランドでも、世界の先進国を見渡せば若者の荒廃が目立つ。いじめ、不登校、ひきこもり、ニート、そんな言葉がテレビやラジオで聞かれない日はない。大人はもっとだめだ。虐待、ＤＶ、さらには自らの子どもを殺めたといったニュースもよく聞く。子供の手本になれない大人が多いから、若者が荒廃するのは当たり前だ。志と野心を勘違いしている人も多い。志とは利他的で引き継がれるものだ。一方の野心は利己的で、矢印は常に自分の方を向いている。野心ばかりの政治家が国を運営すれば、国はその方向を間違う。

何が変わってしまったのか。私はドモフスキの日本分析を読みながら、そこには国を愛する心が欠けてしまっているからではないかと考えるようになった。国を愛する心が育まれれば、自尊心が高まる。自尊心が高まれば生産性が上がり、国はより豊かになる。国を愛することができる者は自分の故郷、家族、そして兄弟をも愛することができる。逆に祖国を愛せない者は自分を愛せない。なぜなら祖国は自分の土台であるからだ。自分の国を愛するという土台なくして、他国を愛することなどできるはずがない。自分の国を愛することができて初めて、本当の意味で私たちは世のため人のために働くことができるようになる。祖国とは切っても切り離せない人々の基盤である。私が今まで外国で、何度祖国を感じ、強い自分を取り戻すことができただろうか。

あなたの命。それはあなただけのものではない。親がいて、その上に祖父母がいる。長いつながりの中に我々は生を受けた。だからあなたの命はあなただけのものではなく、与えられ、そして与えていくためのものだ。親二人で一世代を２５年としよう。１００年前は１６人、２

００年前は１０２４人もの先人を数える。２０世代、つまりたった５００年前の時点であなたにつながる命の１００万を超える。その１００万から一人欠けて９９万９９９９人だったら、今のあなたは存在しない。兄弟や親せきなどと考えていくと、とてつもない数の命につながれて私たちは生かされている。ポーランドに生きる私にとって、ポーランドと初めて公式に接触した福島安正、日露戦争でポーランドを支配していたロシアのバルチック艦隊を対馬で破った東郷平八郎、６千人の命を救った杉原千畝、日本を的確に分析しポーランド人に知らしめた政治家のドモフスキ、ピウスツキ兄弟、ワレサ監督、ゲジョド教授など今回挙げた人たちとは命こそつながっていないだろうが、志でつながっている。その志は命と同じように次世代に、次々世代に、そしてそのもっと後の、私たちが直接会うことができない世代にもつないでいくものである。最後にドモフスキの言葉を紹介しよう。

「私はポーランド人である。ゆえにポーランドに対する責任がある」

第5章

海外での起業と社会を変える覚悟

第1章では恥をさらし、第2章で恥に気づき、第3章では恥に学んできた。ここからは積もり積もった恥をどう起業の原動力としての糧に変えてきたかについて触れる。

私は長年、起業とは全く縁のない人間であった。それはポーランドに来たばかりの頃も変わらなかった。私の父親は公務員だ。中学校2年生の時の授業参観で、将来の職業について一人ひとり発表したことがあった。その時の言った言葉を今でもはっきり覚えている。

「公務員になりたいです。安定した生活がしたいからです」

後ろで保護者たちが笑っている。しかし私はこれが満額回答だと信じていた。ずっと大人たちから公務員になれば生活が安定すると言われて育った。だから将来何になりたいかと言われたら、半分冗談でウルトラマンという以外は公務員と言っていた。しかし実際になりたかったのは歌手である。歌うことが好きで好きでたまらない子ども時代を送っていた。

ある日友だちと歌手になりたいという話をしている時、後ろで聞いていた彼の母が割って入りこう言った。「歌手なんて売れるのは本当に一部。安定しないわよ」それ以来、私は歌手になりたいと大人の前では言わなくなった。

しかし私の人生は安定とはかけ離れたものとなった。学生時代には来年どの国にいるのか分からないような生活を送り、ベラルーシ留学の前に経由した程度のポーランドに住み着いた。そしてポーランドでも安定を求めず、起業という道を選んだ。リスクを取り起業したのは24

歳の時。時期としてはちょうどよかったのかもしれない。リスクが取れなくなる前にリスクを取ることができたからだ。同時に、取るべき価値があるリスクもあるのが社会の現実だ。「いつでもできる」そう思っているといつまでたってもできない。宝くじも買わないと当たらない。やればできる。それはやってできてから言うものだと常に思っていた。

道なき道を進む。しかしそれが社会の穴を埋め、社会を変えることにつながるなら、その道を選びたい。さて、そんな起業という安定を担保しない道にご招待しよう。

決意と始動　夢をお金にコントロールされるな！

大学院入学後、新しい日本語学校を設立する決意をした。なぜそれまでに存在していた他の日本語学校に就職するのではなく、あえてその道を選んだのか。それは今まで海外での生活を通し、安定は人生の充実度を必ずしも保証しないことを知ったからだ。当時、ワルシャワには約１０の日本語学校があったが、私はそこに１１校目を作ろうとは思っていなかった。今までにない、全く新しい学校を作りたい。足りないものは何か。

一つ目は、日本関連の図書館を完備している学校がないこと。ポーランドでは年に2回の日本語能力試験が行われており、毎年千人前後の受験者がいる。ということは試験対策の本も必要である。日本語でマンガが読みたいという学生に対応したマンガ図書館、日本語で映画を見たいという学生のための映画コレクション、日本のガイドブック、小説などに対する学生のニーズがあった。

二つ目は、ポーランド人向けの教科書を使っているところがないこと。ポーランド人は比較的英語ができるので、英語をベースにした教科書が主に使われている。またはゼロから全て日本語だけで作られた教科書もある。それぞれ利点はあるが、同時に共通した弱点がある。それは日本にいる外国人向けの教科書であることだ。そのためポーランドにいるポーランド人向けのポーランド語で書かれた教科書が市場で必要とされていた。

三つ目は、日本語教育の専門家が教師として主に働いている学校がないこと。教師として大事なことは日本語教育に関する専門知識であるが、それを持ったポーランド人よりも、広告塔としての専門性を持たない日本人が多くバイトで日本語教師をしていた。専門性を持った教師陣を作りたい。

四つ目は、文化教育に力を入れている機関がないこと。言語教育はもちろんであるが、それ以上に日本文化を深く知りたいというポーランド人は多い。しかし、文化教育には教科書があるわけでもなく、教師としても扱いにくい分野である。ニーズを満たすためにはその問題に対して立ち向かわなければならない。その他、日本語学校として当時不足していると私が考えた項目のリストは３０にも及んだ。そのリストを見ながら考えた。どこかの組織に入って改善していくよりも、ゼロから作り上げたほうが手っ取り早いのではないだろうか。とはいえ金銭的には大きなリスクを抱えることとなる。不安を感じた時、私は常に自分に言い聞かせた。夢をお金にコントロールされてたまるか。できることしかやらんのか。それじゃあ社会を変えられんよ。社会のニーズ、それを埋めることが起業の意義である。ニーズがないところに自己満足で起業したところで必ず失敗する。ポーランドの首都ワルシャワに、ポーランド人のニーズを満たす学校を作りたい。もちろん、多くのポーランド人にもそんな学校がほしいと言われ、作ってみせると公言してきた。しかし起業において一番守るべきは自分との約束である。

学校を作るまで構想を練り上げ、実際に動き始めたのは２０１１年。ワルシャワのセンターに、もともと事務所兼アパートであった場所を借り、待合室と教室二つを確保した。ゼロから日本語学校を作る場合、アパートを借りることは割に合わない。なぜなら一日に授業を４時間行ったとしても、残りの２０時間は無駄に場所があるだけとなるからだ。使う時間だけ部屋を借りるコワーキングスペースを利用したほうがずっと安上がりだ。しかしそれでは図書館付きの学校という夢は叶えられない。そのためあえてお金をかけ、学校のための場所を借りた。しかしいくら学校ができたとしても学生がいなければ何もできない。学生を入れるためには学校を知ってもらわなければならない。知名度もないのにどうやって？

その前年、静岡で市議をなさっていた望月晃さんという方と知り合った。望月さんは生涯活動として、２００１年から国連が定めた『世界の子どもたちのための平和の文化と非暴力のための国際１０年』に合わせ、毎年世界各地で子どもの動物絵画展を行っていた。その集大成としてワルシャワ動物園での展示を計画され、私のところに提案がきた。その話を動物園に持っていき、園長からその場で受け入れ許可をいただいた。ただ、一つだけ条件がつけられた。絵画展と同時に動物園で日本文化イベントを行うこと。日本文化イベント？　折り紙？　コネも金もないのにどうしろと？　しかし共に学校を立ち上げた現在の妻は別の考え方をしていた。問題が起きたら解決手段を見つけるチャンス。そのイベントに開校記念としての意味合いを加え、ワルシャワの人々に新しい学校を知ってもらおうと言うのだ。失敗を恐れるより、やらずに失うものを恐れるべき。彼女は私よりもずっとやり手だ。

多くの企業にスポンサーになってくれるよう協力を要請。断られ続けたが、最終的に１社からサポートをいただくことができた。そこは主に声をかけた日本企業ではなく、日本と関りのないＩＴ関連企業であった。全くイベント企画の実績もなく、授業もまだ行われていない学校主催のイベントに協賛してくださるとは、本当に頭が下がる思いである。今思えば綱渡りのような運営であり、リスクという道の上にブレーキがない車で走っているようなものだった。

次にイベントの中身である。日本食レストラン、空手道場、日本人学校などに声をかける。イベントを盛り上げるために来てほしいというと、全てがすぐにいい返事をくれた。それもそのはず、経験を積んでから分かったことだが、イベント当日に日本食を売ったり、自分の組織を宣伝したりする出展者から、ある程度の協賛金を取るのが常識であった。しかし当時はそのようなことも知らず、無我夢中でイベントを盛り上げることだけを考えていた。考えては動き、動いては反省するという毎日。まさに行動のない決断は決断しなかったと同じ。これをやると決めたからには動いてなんぼである。

そんな折、２０１１年3月１１日に東日本大震災が発生。早朝、友人からの電話で目を覚まし、テレビをつけた私は目を疑った。津波が町を飲み込んでいく様子。それは、私が育った日本で起きている。今までに見たことがないような大惨事に言葉が出ない。テレビを通じ日本で起きている惨状を見ることしかできず、すぐに被災者を助けに行けない自分に怒りが湧いてきた。しばらくして長野の両親とも連絡が取れ、みな無事だということを知る。母は私にこういった。「あなたが日本にいなくてよかった」

電話を切ってから、なぜ母はそのようなことを言ったのか疑問だった。同胞が苦しんでいる中、何もできない自分。その何が「よかった」というのだろうか。夕方、『福島原発で爆発が発生』というニュース。当時はそれが水素爆発だということは報道されておらず、チェルノブイリの再来という言葉が一人歩きしていた。ベラルーシに住み、チェルノブイリの悲劇を人一倍知っている私にとって、それは動けなくなるほどの恐怖であった。そしてまた、母の言葉が頭の中で反芻される。「あなたが日本にいなくてよかった」待てよ？　母が言っているのは「帰ってくるな」ではない。「そっちでお前だからこそできることをやれ」ということではないのか。

東日本大震災後、日本では多くのイベントがキャンセルされただけでなく、全国で予定されていた結婚式なども次々と自粛されていった。そんな中、2カ月後に日本の祭りなんてしていいものか、正直ためらいがあった。しかし被災地に行って支援活動をすることはできない。義援金を出すだけではなく、実際に動きたい。できること。それはポーランドから日本を支えることぐらいだ。イベントはやろう。それも日本を元気づけるために盛り上げて大成功させなければならないし、ポーランドにも日本の底力を見せつけたい。私たちはイベントにもう一つの目的をつけ加えた。それは『東日本大震災の復興支援』である。ワルシャワにあるロータリークラブと協力し、義援金集めをすることが決まった。その後、行われたイベントには約2万人が来場し、記録的な大イベントとなった。集めた義援金はロータリーを通して日本に送られた。イベントは翌年から毎年ポーランドで行われている日本祭りの参考にされるなど、その後につながる成果を残した。苦しい時期であったが、動くことの最大のメリットは、苦しみを乗り越え前向きになれることである。

一方、イベントは日本の宣伝にはなったが、学校がプロモーションされたとは言い難い。広報にはお金や時間、労力をかけたので、学校の存在はある程度知られただろう。しかし、１０月に学校で授業が始まった時、集まった学生は１５名。その中にイベントを通して入学した学生は一人もいなかった。この経験は私に、広報のやり方を考えさせるきっかけをくれた。

努力は裏切らないと言われるが、それは努力の方向が正しい場合に限られるということを教えてくれた。何かをやれば必ずその行動に対するメリットとデメリットが生まれる。たとえデメリットの方が多かったとしても、見方を変えて学びを得られるという意味ではデメリットもメリットでもあると考えることができる。学校設立、広報、イベント企画、その他何でもまずはやってみること。それが一番のリスク回避である。やらなかった後悔は後悔として残り、やった後悔は教訓として残る。

学校には初年度に入学した学生で、２０１９年現在まで８年間通い続けてくれている学生もいる。学生数は２０１４年に１００人、２０１９年には３００人を超え、首都最大の日本語学校となった。経営が苦しい時から私たちを信じてついてきてくれた学生には本当に感謝している。起業して数カ月で倒産するような事業も多い中、ここまでやってこれたのは初めの１５人の学生たちがいたからである。当時、私はこの１５人のために最高の授業をしようと日々奮闘した。

起動を軌道に　果実を求める前に、芽を育てろ

起業とはスペースシャトルに似ている。打ち上げ直後の数秒に使うエネルギーは、その後軌道に乗ってからの数日間に使うエネルギーの何倍にもなる。リスクについても同じであり、打ち上げ直後の失敗リスクは、その後軌道に乗ってからのリスクに比べ圧倒的に高い。何十年も続いている一部企業がある一方で、多くの企業が設立後数年以内に潰れていく。学校の前の通りにあったお店やレストラン、カフェなど、設立当初から今までそのまま残っているものは一つもない。早いものでは3カ月で姿を消した。カフェが潰れるとそこにはまた飲食系が入ることが多いが、気づくとまた売りに出ている。会社というものは立ち上げるのは簡単であるが、その後軌道に乗せるのは難しい。まるで入学は楽だが進級が難しい欧米の大学のようだ。

立ち上げたばかりの学校が潰れないよう、初めの2年間は土日も働いた。なんとか1年目の営業利益は学校設立時の投資額を除いて0となった。初めの数年はマイナス経営というのが起業の王道であるため、マイナスにならなかったというのは駆け出しとしては大きな成功であった。もちろん誰も雇っておらず、私も現在の妻も無給である。２年目、学生数は約３０名となったが、それでも土日返上で働き続け、ようやくわずかながら自分たちの生活費が出るようになった。過労であったことは間違いないが、学校は自分の子どものようで、３６５日、愛を注ぎ続けるのと同じであると言えば理解していただけるのではないだろうか。３年目、学生数は６０名近くとなり、ようやく投資額を取り戻せるだけに成長した。この3年間はまさに発展の前の準備期間であった。どんな大木も1粒の種から生まれる。芽が出るまで日々水をあげ、その後枯らさぬよう世話をし続ける。将来その種が大木となり周りの自然をも豊かにしていくためには、幹が太く丈夫でなければならない。失敗する事業に共通しているのは、盤石な根本や幹を育てるという基本の作業を怠っているということだ。それでは嵐が来たらすぐに倒れてしまい、残るのは借金という倒木だけ。一時的に儲かるビジネスは大抵短期間で終わる。種から大きな木を育てることより、果実を得ることばかりを考えていては、決していい実は育たない。そんな私にも一気に学校を大きくしたいという気持ちはあった。しかしそこで自分の身丈に合わない巨大投資などを行っていたら、今の学校はなかっただろう。直感で巨大投資のリスクを感じて断念し、初めの3年間、私はとにかく種に水をあげる作業と、芽が出てからも上の葉ではなく見えない根を育て続けた。進むは意志、踏みとどまるは直感。そんな直感とは経験値に応じて正しく発動されるが、その経験値は失敗なくして得られない。

起業してから、雇われていた時の方がどれだけ楽だったかと何度思ったことか。給料を確実にもらえる仕事を自分から辞め、無給で仕事量だけが増える。さらに社会的信用もゼロからという道を選ぶのは賢い選択ではないかもしれない。しかし苦を選ばずして将来の楽は手に入らない。また、お金を基準にし続ける限り、お金にコントロールされた人生からは決して解放されないばかりか、お金を理由に自分のやりたいことをあきらめるという癖がついてしまう。数字は後からついてくる。『信』じる『者』と書いて『儲』と書くではないか。それを信じ、成功してもいないのに『成功前提主義』で働き続けた。

そういう私も学生時代はお金の計算ばかりしながらバイトをしていた。1時間にいくら稼げるのかが第一で、早朝の肉体労働は1時間あたりの時給が高いからと引き受け、年末年始は通常以上の給料が出るからとシフトを入れた。確かにその考え方で働き続け、三度の留学資金や学校設立のための資金を貯めることはできた。しかし中身を見てみると、決して私は幸せな働き方をしてはいなかった。そもそも、必ずしもそれらは私がやりたい仕事ではなかった。第2に嘘をついて働いていた。その嘘とはバイト面接での嘘である。レストランで働く時は「料理が作れるようになりたいから」、お茶運びの仕事をしたときは「お茶について知識をつけたいから」、家庭教師をしたときは「教える経験を積みたいので」。しかし全て本当の理由ではなかった。経験なんてそっちのけで、１にも２にも金金金。ただ一度だけ、冷凍食品会社での面接では正直に話したことがある。「留学するための資金が必要なので来ました」社長はそれを聞いてどこに留学したいのかと聞いた。それから仕事と全く関係のない留学についての世間話をした。ベラルーシ留学前、寒い国に行く前に冷凍庫で体も鍛えたいと言うと、社長は口を開けて笑うとすんなりと私を雇い入れ、私はその会社でがっぽりと稼いだ。朝、社員全員でラジオ体操をしてからマイナス２０度以下の巨大冷凍庫の中で指定された冷凍食品を集める仕事で、昼休みは机に突っ伏して寝る。そして午後からまた冷凍庫に入る。私がついた従業員の高木さんという方は、一度入ったら３０分は出てこないということで、社内で有名だった。しかしそれは嘘。私たちは長い時で４５分は冷凍庫に入っていた。その仕事は一日８時間、静岡の夏は暑く、冷凍庫の中と外では５０度以上もの違いがあった。私は日々、肌が鍛えられていくのを感じた。その仕事は本当に楽しかった。時間を気にしない働き方の楽しさを知った。理由は嘘ではなく、善の理由で働いていたからだ。それ以来、どんな仕事も笑ってやろうと決めた。いや、辛い仕事こそ笑ってやるべきだ。毎日同じ仕事の繰り返しに不満を感じている人も多いだろう。そういう人はまずは心臓に敬意を。心臓はあなたがこの世に生を受ける前から、あなたという体を経営するために、繰り返し同じ仕事をしているのだから。

新しい学校を作りたいと言い始めた時、そんなの無理だとも言われた。しかし諦めるかは自分次第である。社会を変える原動力。それは社会からの批判や抵抗を受け入れる覚悟である。その批判に対して強くならなくては経営などできない。そのためにも信念は強く持ち続けなくてはならない。批判がないと成長できないのは、向かい風がないと飛べない飛行機と同じ。

外から批判が来たかと思えば、中でも苦労があった。学校が知られるようになると、日本で日本語教育を学んでいる学生からインターンの受け入れ依頼が来るようになった。その心意気を買い、何度か受け入れたことがある。それはアパートを手配し、生活をサポートし、もちろん授業準備、授業後のフィードバックなど多大な労力と時間を割くことになる。しかし中には遠方に彼氏ができ、旅行に行くため嘘をついて授業をサボったりするインターン生もいた。そんな経験から人を受け入れ育てる大変さを学んだ。学校が大きくなる前にこの学びを得たことは大変価値のあることであった。起業を含め、何か新しいことを始めようとするとき、失敗はつきものだ。失敗との付き合い方は二つ。失敗から学べればあなたの勝利。しかし失敗を忘れたら負け。失敗を材料に、成長という料理を作れなければ何事も伸びてはいけない。

２０１５年は学校にとって飛躍の年となった。まず学校の拡大移転が決まり、夏休みに引っ越しが行われた。教室の数は二つから三つに、それに加えて職員室や印刷室も確保できた。大きい場所を得るということは、それだけ大きな投資が必要であるということを意味する。すでに教師を雇っていたことから、ここで失敗すると私以外の人の生活にも影響が出るということで恐れもあった。しかし恐れは発展の前ぶれ。成功するには資金よりも、投資への勇気が必要。とはいえ個人的には到底できない投資であったため、祖父母や両親からありったけのお金を借り、それでも足りなかったので銀行でもローンを組んだ。そこでもまた問題が起こった。私が外国人であるという理由で最初にあたった三つの銀行から投資を断られたのである。しかし問題は雪のようだ。降っては積り、積っては解ける。問題から逃げずに立ち向かい続けると、別の問題が起こった時に翻弄されることなく、解決するために想定できる結果から逆算して、今を考えられるようになっていく。壁を乗り越える度にそんな大局的な見方も養われていく。最終的には四つ目に訪れた銀行でローンを組むことができた。

２０１５年、もう一つの大きな進歩は独自の教科書が完成したことだ。それまでは毎年夏に日本に帰国した際、大量に教科書を買い、それを船便でポーランドまで送っていた。しかし学生が１００人を超えると、それはとんでもない作業となって私の肩にのしかかってきた。本屋から直接送ればいいのにと思うだろう。しかし輸送費が安い船便はどこも扱っていない。それらの作業を省くため、まずは学校の3年生向けに「わくわく」という教科書を開発した。その後4年生向けに「わくわく2」、2016年には1年生のために「どきどき1」、そして2年生のために「どきどき2」が完成。全てポーランド語で書かれたポーランドに住むポーランド人向けの教科書である。その後、教科書プロジェクトは6年生にまで広がった。

こうして学校は2011年に設立してから、4年目にしてようやく軌道に乗ってきた。学校を船に例えると、荒波を超え、氷山にぶつかりそうになり、ようやくかじ取りに慣れてきたといったところだ。その船は少しずつであるが大きくなっていった。2015年に引っ越しが終わった段階で、約130人の学生が乗っており、教師という4人の船員がいた。しかし油断はできない。船は大きくなればなるほど小回りが聞かなくなるからだ。大きな船では細部にまで目を光らせることは難しく、問題もどこから起こるか分からない。そんな中しっかりかじ取りをしていくには、風や波、天気、地形などが読める有能な船員が必要である。また、いくら有能で航路を正確に読める船員がいたところ船長が航路を間違えたら全員まとめて沈没する。タイタニックを考えればよく分かるだろう。巨大な豪華客船であっても、進路を間違えれば氷山にぶつかって沈む。別の例えをするなら、リーダーシップとは憲法、マネージメントとは法律である。いくらいい法律を提案しようと、憲法が正しくなければ違憲判断が出されて廃案だ。巨大な国際企業であっても、この原理原則を忘れてしまったらお先は真っ暗だ。だからこそ、軌道に乗ったからと言っても緊張感を持って航海をしていかなければならず、学校が大きくなればそれだけ社会的責任も大きくなり、新たな航海術もまた学んでいかなければならない。

業界を牽引する組織へ　ニーズは探すのではなく、作るもの

日本語や日本文化に興味があるポーランド人がたくさんいると言っても、もちろん人口が増えでもしない限り限界はある。つまり、このまま学校が伸び続けたとしても必ず限界がくるということは火を見るよりも明らかだ。それを如実に物語るように学生数が減少している日本語学校もワルシャワには存在する。ではその限界を甘んじて受け入れるのか。いや、その現実を変えたい。私は小さい頭を使って考えた。戦略は、考え挑戦する過程からしか生まれない。限られた市場の中で、伸び続けるにはどうすればいいのか。そして出した答えはひとつ。市場を拡大するしかない。人口を増やすことは無理だが、日本に興味を持つ人を増やすことなら私にでもできるのではないか。ポーランド全体でアニメなどの日本文化に日常的に触れている人の中で１０人に１人が日本語を勉強していると仮定しよう。日本語を学んでいるのが約５千人なので、日本文化に触れている人は５万人ぐらいいるとなる。その５万人を１０万人にできれば、

結果として日本語を学ぶ人も増え、ポーランドにある日本語教育界の未来も明るくなる。すでにポーランドで日常的に日本文化に触れている人は多い。特に武道はポーランドでとても人気があり、空手は常にポーランドのスポーツ人口のトップを争っている。合気道も人気があり、柔道、剣道、古武道、弓道、抜刀道なども学べる。驚くことに相撲道の人気は目を見張るものがあり、ポーランド相撲協会の会長によると、ポーランドの相撲人口は約5千人、その半数が女子で、女子相撲人口は日本を超えるそうだ。ポーランドには日本語を学んでいないにもかかわらず、1から10まで数えられるポーランド人は多く、中には私が日本人だと知ると「こんにちは」とあいさつしてくれる人もいる。私は今まで、何度もポーランドで行われている世界空手選手権や欧州相撲大会などを訪れているが、子供から大人まで、多くのポーランド人が武道に取り組んでおり、毎回感動してしまう。何より日本人がいないところで日本文化が根付き発展しているのだから、感謝せずにはいられない。そういった日本文化に興味を持つポーランド人をポーランド全体でもっと増やしていこう。今後の戦略はこれだ。社会の中でニーズを探すより、自分たちでニーズを作り出していくこと。

その後、私は時間があれば小学校にでも高校にでも出かけて、日本文化紹介をするようになった。多くの日本関係のイベントにも出るようになった。その中でも最も時間を割いているのは現在事務局長を拝命している日本祭りである。準備は約７カ月前から始まり、祭り前後には本職の学校に全く頭が回らなくなる。そんな大変な祭りをなぜ今までずっと続けているのか。実際、やめればいいのにともよく言われる。そりゃそうだ。ポーランドにある５０を超える日本語教育機関の中で参加しているのはワルシャワ日本語学校のみ。それは初回から２０１９年で第7回目を数える祭りまで全く変わっていない。理由は簡単。祭りの日は全ての授業をキャンセルするだけではなく、祭りに人を雇うのだから、その日だけ見れば大赤字である。それでも初回から日本祭りに携わり、その関り方も昔より深くなっているのには理由がある。それは「社会を育てることによって、間接的に学校を育てる」という新たな戦略だ。もちろん日本祭りとの関りをやめようと思ったことは幾

日本祭り着付けブース　着物を着せるのもポーランド人

度もあった。大使館で夜0時を過ぎても会議が続き、家に帰れず学校で寝たことが何度あっただろうか。地味な仕事も多い。しかし、つまらないかどうかは自分の心が決めるもの。つまらないからといってやめたくない。つまらないなら自分が主体となって面白くすればいいだけのこと。面白くしてこそ、その後もまた関わりたいと思える。まさに負のスパイラルならぬ、勝のスパイラルだ。楽しむため、挑戦し続けることが最大の自己暗示であることは言うまでもない。

学校を何年も続けていると、学内では人材が育っていく。いつしか日本語や日本文化に関する知識をつけた学生たちは国内外で活躍するようになり、学校の歴史は学生の物語で埋め尽くされるようになっていった。

いくつか実際に紹介しよう。学校が一気にポーランドの日本語教育界で知られることとなる出来事が起きたのは２０１３年。第３４回日本語弁論大会が大使公邸で行われ、一般の部で学校代表として選出された学生が見事優勝したのだ。彼女は日本語を学ぶことでどれだけ自分の人生が豊かになったかを約３分間のスピーチにまとめ、審査員からの圧倒的な得票を得て栄冠を勝ち取った。２０１６年に行われた高校生のための日本知識コンクールでは学校代表チームが1位と2位に、翌年には1位から3位までを独占する活躍を見せた。２０１７年の第３８回日本語弁論大会では１位と２位を、翌年にも別の高校生が優勝。学生達は弁論大会が始まって以来初の高校生の部連覇を成し遂げた。また２０１７年の世界日本語作文コンクールで高校生が入賞。翌年には世界中から６７００を超える応募があった同コンクールで中学生の学習者が入賞した。共に、ポーランドからは唯一の入賞であった。しかしそのような活躍の裏には学生たちの多くの努力と涙があった。勝って嬉しいのは負けた経験があってこそ。私も学生たちも負け続けてきたからこそ、勝ち方を学んでいくことができた。

　入賞ということでいうと日本語とは関係ないが、特記しておくべき二人の学生を紹介したい。日本語の宿題を毎回マンガにして出してくる学生、パティ。彼女は大のマンガ好きであり、夢はマンガ家になることだと言って入学してきた。そんな彼女の努力は２０１７年の秋についに報われる。なんと日本国外務省主催の第１０回国際マンガコンクールにて銅賞を勝ち取ったのだ。ポーランド人初の入選であった。コンクールに集まった５５

外務大臣賞を受賞したパティ

の国からの３００近い応募から選ばれたということで、ポーランドのマンガ界で彼女は一躍有名人となり、マンガも出版された。初めてそのマンガを読んだ時、私は彼女のあふれんばかりの日本愛に圧倒され涙があふれた。

もう一人は錦鯉が好きで日本語を始めたアーニャという少女だ。入学当時１０歳。ほぼ全ての魚の名前をポーランド語とラテン語で覚えており、日本語の授業ではよく魚の絵を描きながら、日本名を聞き教師を苦しめた。２０１６年、若干の１１歳の彼女は日本祭りの際、学校のブースで来場者に着付けをしていた母親と一緒に来場。その祭りにはテレビ東京の人気番組『世界！ニッポン行きたい人応援団』の取材班が来ていた。祭りの後「なんかインタビューされたから、とりあえず鯉が好きだって言っといた」と言う彼女。「そう。よかったね」と軽く受け流していたのだが、その翌週に行われた授業で彼女はなぜか朝から満面の笑み。理由を聞くと何やら大きなボードを見せる。それはなんとテレビ東京からの招待状！　その夏、アーニャは鯉のぬいぐるみを片手に日本へと旅立った。錦鯉発祥の地と言われている新潟県小千谷市で鯉職人の技を学んだり、フグの生産量日本一を誇る山口県下関市ではフグを触ったりと、とても充実した日々を送ってきたようだ。その様子が日本で放送されるや否や、多くの日本人が彼女の存在を知り、魚関係のプレゼントが次々と送られて来た。もともと魚であふれていた彼女の家は魚ギャラリーのようになっていった。日本でアイドルとなった若干１１歳の少女。今後がとても楽しみである。

パティとアーニャがなぜこのような成果をあげることができたのか。彼女たちには共通していることがある。それは夢を周りに語り続けたことである。

『叶』とは『十』回『口』にすると書く。そして何より、自分は夢が叶えられると信じ続けていた。また、彼女たちは夢を口にするだけではなく、絵にして書き続けた。パティはマンガ家としてデビューするために何百時間マンガを描いてきたことか。アーニャは本物の錦鯉を見たいという気持ちで何百匹鯉を描いてきたことか。夢を見える形にすること。これもまた彼女たちが夢を引き寄せた原動力となったに違いない。彼女たちに習い、私たちも夢を書き出そう。時が過ぎても忘れぬように。

アーニャが描いた魚の木

日本語教育界を牽引していけるような学校として、今後も学内教育を大切にしながらも社会を育てるための施策を講じていく。進化し続ける者から見れば、現状維持する者は後退に映る。伸びていくために常に新しいことを市場に提示し続けていかなければならないということだ。

言語から文化へ　強いものが勝つわけではない世界

ダーウィンの進化論を思い出してほしい。この世で絶滅せずに生き残ってきたのは強いものではない。実際、強かった恐竜が絶滅した一方で、それよりもずっと前から存在していたゴキブリは今日でも私達を苦しめているではないか。進化論が教えてくれるのは、『強いもの』ではなく、『変化に適応してきたもの』が生き残ってきたということだ。これは経営にも当てはまる。だからこそ経営者は社会の風を読み、常に変化に対して敏感でなくてはならない。時代が変わればニーズも変わる。以前成功したからと言って、そのやり方を今に適応したとしても上手くいく保証はない。必ずうまくいく不変の方法があるなら、すでに多くの人が成功しているはずではないか。実際にそうではないのは、その時代にはその時代に合ったやり方があるからである。そんな中でも人との関係作りや夢の共有、努力の方向性など、時代を超えて普遍的に言えることも多い。生き残るために進化しなければ。その想いから、言語学校としての学校を日本文化発信拠点に変える時に来ていると感じていた。

文化教育とは実はとても扱いにくい分野である。前にも述べたようにこれだという教科書があるわけでもなく、何をどう学び、どう伝えていくべきかといった手本もない。日本語教育と違い、ある程度導入の順番が決まっているわけでもない。

例えば学生が茶道について学びたいとする。茶道の先生に頼めばいいと日本ではなるのだが、外国ではそういうわけにもいかない。そもそも茶室がある中東欧の国は珍しい。学生の希望に応じて教師が生半可に茶道を教えても、それが正しい日本文化だとは言えない。もちろん茶道に関する記事を読んだり写真を見せたりすることはできるが、それでは文化に直接触れたことにはならず、学生のニーズは満たせない。であればお金をかけて茶道の先生を呼ぶか、自分自身が学生に教えられるようなレベルになるまで茶道を習得するしかない。さらには茶道具も購入する必要がある。いずれにせよお金も時間もかかり、一筋縄にはいかない。

学生の中には日本人が日本語を話せることと同じように、日本人であれば茶道、生け花、墨絵などができると思っているふしがある。日本人は勤勉で、学校教育も整っており、文化にも見識が深いだろうと信じている。さらに日本語教師となると、何かしらの日本文化にも長けているだろうと思われても仕方ない。授業中にも文化的な質問は多く、それゆえ日本語教師は文化に対する一定程度の知識が求められている。しかし実際に茶道に触れたことがない、花を生けたこともないという日本人が多いのが現実だ。逆に言えば、一つでも日本文化をしっかりと身につけることができれば、日本語教師ではなくとも海外では大きな武器になる。私の知り合いで三味線奏者がいるが、彼は一度ポーランドに来てパスポートをなくし、予期せず1カ月滞在した。ポーランド語も英語もできない彼にとって三味線は大きな武器になった。帰国ができなくなった数日後、彼は街に出て三味線を弾き始めたのだ。いわゆる路上パフォーマンスである。そこで得た投げ銭をポーランド滞在費の一部に当てたのだ。ちなみに彼はその後ポーランドに恋をし、今ではポーランドに住みついてしまった。もちろん今でも三味線を弾いている。三味線のように習得するまで時間と労力を要する日本文化は、海外において費やしたお金と時間以上に価値がある武器となる。

私は書家である。書道は持ち運びが簡単。この点は茶道、そして防具や相手が必要な武道などに比べ大きな利がある。それもあり私は、書道を生きていく上でのパートナーとしている。ポーランドに来てから学内でのワークショップや日本関係のイベント、ワルシャワ大学日本学科の合宿などで書道を紹介しているうちに、ワルシャワ大学で週一回書道を教えることになった。毎週書道を学ぶ学生達を見ながら、彼らのモチベーションを上げ、かつポーランド全体でも書道を盛り上げていこうと、２０１３年にポーランド書道コンクールを開催した。そのコンクールを翌年中東欧書道コンクールへと発展させ、現在でも続けている。継続は力なりというが、続けていくと認知度も上がり、サポートしてくれる人も増えていった。コンクールで一度入賞してしまえば書道に対する熱意を失ってしまうかもしれない。学生たちのモチベーションを今後も高めていくにはどうすればいいのか。今、学生たちに正しい道を示すには、未来から今を逆算しなければならない。私は将来、さらに多くのポーランド人が書道を楽しみ、コンクールが盛り上がり、ポーランドに日本人顔負けの書道界がある世界を思い浮かべ、そこにたどり着くまでの道を思い描いてみた。私が書道を続けてこられたのはなぜかといえば、常に目標があったからだ。それは段級位システムであり、それをポーランドでも取り入れられないだろうか。日本で一樹会を主宰し、私が師事する小塩瀏蒼書家に相談し、２０１８年から中東欧にいながら書道の段級位が取得できるシステムの導入が決まった。学生達は今、それぞれの目標に向かって筆を握っている。

もう一つの文化的な武器。それは日本の音楽文化である。２０１５年、それまでばらばらに活動していた三味線、尺八、唄、琴などの音楽家を集め、学内でグループ『和音』を立ち上げた。初めてのコンサートは２０１６年1月に開催された。私の担当は和太鼓。ちなみに日本で和太鼓を学んでいた頃、海外で広めようという考えはなかった。太鼓は書道とは違い、練習する特別な場所が必要で、楽器自体も高額だ。しかし和音の結成を契機に太鼓への関心が高まり、ポーランドで広めていくことを考え始めた。各地でのコンサートを行い認知度を上げ、2016年には学内に和太鼓チーム『アマテラス』を創設。太鼓がないので普段は撥で枕を叩いての練習だ。その後将来への投資と考えて太鼓も購入した。そんなとき、私の前に尾内聖弥（おうちまさや）という男が現れた。彼は幼いころからドラムを初め、その後和太鼓演奏者として東京を拠点に活動していたのだが、ポーランドに出会い、ワーキングホリデービザで来ていたのだ。日本文化を一つしっかり身につけてから海外に出た男は強かった。彼がポーランドにいた2017年の秋からの1年間、アマテラスはワルシャワから飛び出し、ポーランド全国でのコンサートを行った。アマテラスが全国的に知られるきっかけとなったのは一本の電話だった。ポーランドのテレビ局が毎年行っている人気番組『才能』のディレクターから出演依頼が来たのだ。普段テレビを見ない私たちはそれがどのような番組なのかさえ知らない。選考会に行くとポーランド中から様々なアーティストが集まっていた。その様子を見てあとから番組について調べ始めた。するとなんとそれは土曜日の夜に全国放送される超人気番組で、全国大会で優勝すれば賞金は日本円にして1000万円。全国大会が行われるのはなんと1913年に建築され、約800席を擁するポーランド国立劇場の大ホール。私たちは目を丸くし、これは本気でやらなければ全国的に恥をかくと悟った。ここまで作り上げて来たポーランドでの太鼓の地位を一晩にして落としかねない事態だ。

『才能』という番組の流れはこうだ。全国から複数の予選を勝ち抜いたアーティストは、満員の聴衆と三人の審査員の前で技を披露する。三人の審査員のうち二人以上が合格札を上げれば賞金ステージに進めるというもので、通過できるのはほんの一握り。周りにいたアーティストたちとも話す機会があったが、驚いたことに１０００万円という賞金目当てに来ている人は一人もいなかった。それよりも大切なもの。それはアーティストとしてのキャリアを作り、その後につなげることだった。この番組の全国大会に残れたというだけで、アーティストにとっては大きなキャリアとなる。過去にはこの番組に出たことでその後成功している歌手やダンサーが大勢いる。私達アマテラスもお金には関心がなかった。というのも通過したとしても賞金ステージが行われるのは尾内の帰国後であり、進んでしまうと翌年の春まで拘束される。そのため全国大会に参加する前、番組ディレクターに対して「今回が最後で、賞金ステージは辞退する」との旨を伝えてあったからだ。私たちにとって大切なことはただひとつ。テレビの力を借り、ポーランド中に太鼓の魅力を伝えること。全国大会に出られただけでも名誉なことであるが、私たちは欲深く、出るからには審査員、観客、テレビ視聴者全員の度肝を抜いてやろうと思っていた。勝つこと以外にもうひとつ重要なことがある。それは勝った後にどうするかということだ。これはビジネスにおいても同じであり、成功する者は常に成功してからどうするかを考えている。だからこそ成功し続けることができる。太鼓をポーランドで普及させていくにはこの大舞台をゴールにしてはならず、その先にあるであろうまだ見たことのないもっと大きな目標を追い続けなければ成長はない。勝って全国的に和太鼓を知ってもらい、いずれはコンサートでポーランド以外の国にも行きたい。

練習に練習を積んだ私たちは自信満々で国立劇場に乗り込んだ。しかし多くのアーティストがうなだれて帰っていくのを見て、いつしか自信は不安に変わっていった。周りは音楽大学を首席で出た人や、他のコンクールでも賞を取っている人たちばかり。さらに今回は８００人の観客と、その裏にはテレビを通して何万人もの人たちが見ているのだ。へらへら笑っていた私たちも、ステージ裏に呼ばれたときにはほとんど話せなくなっていた。周りには緊張のあまり腕立て伏せを続けるダンサーや、何度もエアーでバイオリンを弾くバイオリニスト。

そんな中私たちは膠着し、撥を汗で濡らしていた。

そして本番。演奏の前の簡単なインタビューで突然差別的な発言が飛び出した。「りょうたろう？　名前長

番組「才能」のステージ

すぎ。覚えられないからスワボーミル（ポーランドにある長い名前）でいいね」と私の名前さえ繰り返そうとしない審査員の女性。チーム名『アマテラス』に関しても我らが女神に全く尊敬を払わない言い方。ちなみに出演前、差別的な発言をされるからやめた方がいいという警告を番組を見ている複数の友人たちから聞いていた。しかし尾内はそんな声にあっけらかんとし、「そう言えないぐらいすごい演奏をすればいいだけのことでしょ？」と言う。審査員の挑発に耐えながら、私たちの頭の中には常に同じ言葉が繰り返される。

「今に見てろよ」

そして演奏が始まった。あっというだった。演奏中に何度も拍手が起き、私たちは乗りに乗った。演奏しながら審査員たちの目の色が変わっていくのを私たちは感じていた。演奏後、私の名前を覚えようともしなかった審査員はＣＤを出すべきだといい、他の審査員も楽しませてくれてありがとうと繰り返す。結果はなんと三人全員からの合格。本当に楽しいステージで、天照大御神について多くのポーランド人に知ってもらえたことも嬉しかった。

その後、私たちはポーランドで一躍有名になった。テレビ番組『才能』の全国大会を通過したというだけで人が集まる。勝って全国的に和太鼓を知ってもらう夢を叶えた。いずれはコンサートでポーランド以外の国にも行くという夢も叶った。出演３カ月後には太鼓コースが始まり、今では学生達がスタジオで汗をかきながら撥を握っている。ポーランド全国でコンサートを行ってきたかいあって、ワルシャワ外からの参加もある。多くの場所でチャリティーコンサートを行っていた頃は、出演料をとらないなんてと馬鹿にされたこともあった。しかし私は周りの人を感動させたいという以上に、自分自身が叩きたくてステージに立ってきた。楽しいからやるというただそれだけのことだ。国立劇場でのステージもやはり、一番楽しかったのは演奏した私たちだった。そしてもっと叩きたくなる。これぱかりはステージに立った者にしか分からない。

そのテレビ番組は日本人学校の先生も偶然見ていてくれたようだ。尾内が帰る二日前、最後の共演として日本人学校で演奏し、子どもたちの指導を行った。尾内は普段はとても大人しいくせに、撥を握ると壊れたマシンガンのように暴走するくせを持つ。そして子ども達に熱く語り掛ける。「撥じゃなく体全体で、気合で叩け」「ステージに上がったら自分がスターだと信じろ」「うまく見せるには自信を示せ」その言葉は彼が1年間、ポーランドで自らが体を張って伝えてきたことだ。やるときゃやる。そういわれるやつは普段から裏でもやっているからこそ説得力がある。人に喜びと幸せを継続的に提供していく喜びを知っている男の言葉だ。私たちがピアノやチェロなど和楽器以外の演奏家だったら、ここまでポーランドで知られることはなかっただろう。私たちが認められたのでは決してない。太鼓という、日本文化が認められたのだ。

将来海外に出たい人、または、すでに海外にいて自分の確固たる武器を手に入れたいと思っている人。なんでもいい。一つこれなら任せろと思えるような日本文化を身につけてほしい。海外ではその国の言語ができることよりも、自国の文化を紹介できることの方が重視される機会が多々ある。芸は身を助けるというが、私は芸は自信であると思う。自信とは海外で適応していく上で土台となる。文化は一日や二日で身につくものではなく、多くの壁を越えたところにしか習得はない。しかしそんな壁にはそれぞれが持っている石（意志）で穴をあけていくしかない。

真のリーダーとチーム作り

学校を船に例えれば、校長は船長、マネージャーは航海士、教師は機関士や通信士と言ったところか。船が大きくなればなるほど風や波、天気、地形などが読める有能な船員が必要となる。船員はそれぞれ得意分野を持ち、自分の立場や役割を認識している。それゆえいくつもの苦難を乗り越え航海を続けていくことができる。経営は『戦いの掟は仲間づくり』ということを教えてくれる。船長だけの小さな船でももちろん航海はできるが、船を大きくし、より多くの乗客を抱え、より多くの幸せという名の波を周りに立てていきたいと思ったら、そこには必ず優秀な船員が必要だ。私はそれをチームと呼ぶ。

船員にはどのような能力が求められているのか。海に出たことがない人をいきなり長期航海に駆り出すのは無理がある。ゆえに海は船乗りに、経理は会計士に、法律は弁護士に、飛行機はパイロットに、そしてもちろん日本語の授業は日本語教師に任せるというのが適材適所というものだ。

当たり前だが専門分野が同じでも人によって考え方は違う。人が集まる組織であればどこであれ、その違いは必ず生まれる。その現実の中を受け入れ、その差を糧に一つのチームを作り、共通の認識のもとに組織を率いることができるか。私のチームには経験も年齢も、そして国籍も違う人たちが混在している。皆、違うことを強みとして考えている。同時に違う人間であっても共通して持つべき認識というものがある。教育組織を例にいくつか紹介しよう。

一つ、『人と比べないこと』

組織には上司と部下が存在する。部下は上司と同じことができるようになることを求められるが、それ以上に自分にしかできないことを発掘してこそ組織自体も強くなる。先輩と比べて何になる。あなたはあなただ。比べるなら上司とではなく、過去の自分と比較せよ。

一つ、『教育とは可能性を見つけ出し引き出すこと』

知識を伝えることが教育ではない。人によって伝わり方も違い、教師が伝えたと思っていても、学生に伝わっているとは限らない。相手が小学生か大人か、初級者なのか上級者なのかと教える対象も一定ではない。また、学生の成長には経済のように波がある。今できないからと言って来年もできないとは限らない。人の数だけ学びがある教育現場で、どれだけ柔軟に学生の可能性を見つけ出すことができるのか。今目の前にいる学生を見るだけではなく、学生が本当に伸びるのは教師の手を離れてからであると信じること。どんな学生であっても可能性の翼を持っており、それをいつ開くかは学生次第だが、それをどう開くのかを示すのは教師の役割だ。

一つ、『教育とは幸せを作り出すこと』

いい教師は学生を幸せにして家に帰すが、同様に教師自身も幸せだ。周りの人を幸せにできる人にしか本当の幸せは与えられない。つまり、教師が幸せでなければ、率いられている学生が幸せになるなどありえない。教師とは学生の幸せを糧にして生きており、それゆえ教師を続けたくなるものだ。

一つ、『どんな問題も自分のものと捉え、先送りしない』

もちろん人と向き合う仕事は問題も起きる。そんな時、問題を先送りにせず向き合う姿勢を見せられるか。先送りにするというのは前に進みたくない自分への言い訳にすぎず、問題が長引けば長引くほど困るのは教師自身である。問題が起きて悩むことのデメリットは悪いシナリオばかり考えてしまうことで、それが真実でなくても不都合なことばかりを考えて、悩むほど無駄な時間の過ごし方はない。悩むは停滞であり、考えてこそ創造につながる。一流は失敗への対応も一流だ。

一つ、『やる気よりも根気』

どの職業であっても、その仕事を始める前はある程度その職業に対しての憧れがあるだろう。日本語教師が夢だとしたら、海外に住みたい、国際交流がしたいなどで、主に楽観的なものだ。しかし実際に働いてみるまで分からない苦労もある。その苦労を知った時、必要になるのはやる気よりも根気だと気付く。多くの社会人がやる気を持って入社し、その後しばらくすると会社への不満や人間関係における問題を口にするようになる。そこでは入社時に持っていた『やる気』は空回りするだけでほとんど役に立たない。やる気はもちろん大事だ。しかし仕事を続け、自分を高めていくためにはやる気以上に根気が大切だ。

一つ、『教師の役割は教えることより学生に興味を持たせること』

私は子どもの頃、勉強ができない子どもで、その中でも数学は特に嫌いで、社会に出て何の役に立つのかという気がしていた。しかし中学校2年生の時に出会った数学の先生のおかげで、数学も好きになっていった。結果的に高校に入ってからは数学が一番の得意科目となった。ここから教科の好き嫌いは教師次第だということを知った。いい教師は学生に、知識以上に興味を残す。その興味から好きが導き出され、その好きが得意へとつながる。

一つ、『教師とは演じる仕事である』

そもそも我々は皆演じている。自分の家や部屋のいる時の自分と、バスに乗っている時の自分は同じだろうか。友人と会った時の自分と上司に会った時の自分は同じだろうか。だれもが環境によって違う自分を演じている。私も太鼓家を演じ、書道家を演じ、男を演じ、夫を演じ、そして父親を演じている。役者をやっているため本当に演じなくてはいけないという機会も多い。それを応用し、教壇に立つときにもカメラが回っていると考えるようにしている。簡単に言えば、常に生放送に出ているつもりで授業をするということだ。私は生放送に呼ばれる時には、発言項目の順番まで前もってしっかり準備をする。テレビの向こうにいる人に見せたいのは緊張した自分か、それとも自信をもって笑っている自分か。備えあれば患いなし。授業も全く同じである。

私たちはカメレオンではないので、環境によって変化するのは体ではなく心である。今あなたは自分のやっていることに自信がないなら、自信があるように演じてみればいい。はったりでもいい。いずれそのはったりは本物の自信に変わるだろう。幸せになりたい？　では幸せであるように演じてみよ。仕事が辛い？　では楽しいように演じてみよ。できない？　できるつもりでやってみよ。できないやつはできないと思い込み、できるやつはできると思い込む。理想の自分を演じ続ければ、いつか必ずそれが本物の自分になる。

これから就職活動を始めるという人もいるかもしれない。面接で緊張するなら、緊張していないふりをしてみる。社交的じゃないので話すのが苦手という人もいるかもしれない。実際に私も昔は話すことが苦手だった。空気を読むことが下手で、言わなくてもいいことを言ってしまい、よく場の雰囲気を壊した。その度に先輩から空気を読めと言われ、委縮し、話さなくなっていった。そうなると社交的な人間ではなくなる。その辛い気持ちを打破するため、私は明るい気持ちを持っているふりをして話す努力をした。そこで気づいたことは社交的かどうかは性格ではなく態度であるということだ。行動はシステムではなく気持ちが決めている。

リーダーは人を育て続けなくてはならない。人が育たない会社は遅かれ早かれ落ちぶれていく。人を育てるための知識もリーダーには欠かせない。しかし実際には、リーダーに必要なのは知識よりも知識を求め続ける努力である。それなくして先見の目は開かれない。どんな会社であれ確実な未来を約束されたものはない。来年という年をまだこの世で誰も生きたことがないのだから、そこにはどのような時代の風が吹いているのかは分からない。そんな未知の上に道を示していくのがリーダーの役割である。1＋1＝2これは数学であるが、私が考える経営学とは『１人＋１人＝８』これをどう導き出せるかはリーダーの人を育て、チームをまとめる手腕にかかっている。

まだ見ぬ領域へ

今後、ポーランドの日本語教育界が、そしてポーランドの親日度がどのように推移していくのか。発展か、それとも衰退か。もちろん今後も日本語や日本文化に興味があるポーランド人を増やしていきたい。彼らの手の届くところに触れられるような日本文化を提供し、中国語や韓国語に流れず日本語を続けてくれるようなポーランド人を増やしていきたい。それがポーランドの日本語教育界、そして学校で働いている教師たちの生活を守ることになる。もっと大きな目で見ればそれは日本を支えることにつながる。この夢を確実に叶えていくためには、今後の社会の流れを根本的に、多面的に、そして長期的に見続けていくしかない。

金の卵を産むガチョウの話がある。あるガチョウが突然一日一つ金の卵を産むようになった。飼い主は毎日その卵を売りとても金持ちになった。しかしだんだんと欲深くなり、もっと金の卵を得ようとガチョウの腹を割いてしまう。結果として金の卵を産むガチョウは死に、卵は全く得られなくなってしまった。金の卵に集中するとは、今目の前にある世界だけを見るということ。金の卵を産むガチョウを育てるということは、目の前にあるものだけではなく、将来に渡って幸せが生み出され続けるシステムを作るということだ。ビジネスでいえば目の前の利益に目をくらませるのではなく、利益を作り出し続けるシステムを長期的な視点を持って考えるということを意味する。あなたの前に金の卵を産むガチョウが売られているとする。お金がないから買わないか、それともローンを組んででも買うか。ビジネスではそのような判断を迫られる時がよくある。

私は今まで多くの失敗を繰り返してきた。そこで悩み、停滞し、時には後退した。過去について不満もよく口にした。しかし、未来志向で生きていくためには、過去に縛られ続ける必要はないのではないかと気づいた。不満を言って状況がよくなるならば言う価値もあるだろう。何も変わらないのであれば不満を吐くだけ虚しいものだ。もちろん将来に対しても、誰しも不安を抱えている。その不安に勝つためにとっておきの方法がある。それはその不安を口にしないこと。不安を口にすると言った本人はさらに不安になり、周りからも頼りないと思われるため協力者が減っていく。幸せな人は幸せな、不幸な人は不安や不満な話題ばかりを好んで口にするものだ。

レースに例えてみよう。あなたの後ろ髪には、『過去の傷』という名の石がぶら下がっている。ライバルの後ろ髪は風に揺れるだけ。さて、どちらがより速く走れるだろうか。周りからの批判も同じだ。それがいちいち自分の傷となっては前進する力を奪われる。世の中には批判されて傷つく人と傷つかない人がいるのではなく、傷つくことを受け入れる人と受け入れない人がいるに過ぎない。批判を「なにくそ」として進むのか、逆にレース中にも関わらず振り向いて反論するのか。なにくそと思って進む人間は、批判された後にこそ伸びる。悲観は感情から生まれるが、楽観を生み出すのはあなた自身の意志である。人生の壁も周りの環境ではなく自分自身が作り出すもので、ここでは学歴も才能も関係ない。自分というものは変えられない。その自分を使って世界と向き合っていくしかないのだ。未来というものは未だに来ていないから未来と呼ぶわけで、誰も何が起こるのかは分からない。その霧の中に夢があると信じて突っ込むのか、それとも一歩引くのか。それを決めるのもあなた自身だ。その先に夢があるかどうかではなく、夢があると信じて進むか進まないかだ。

私には大きな夢や小さな夢、さまざま夢がある。小さな夢はある程度自分の努力で何とかなるだろうが、大きな夢は周りの人たちとの協力が必要だ。その一つが日本人にポーランドを通して日本そのものを再発見してもらうという夢だ。日露戦争で日本はポーランド人捕虜をどう扱ったのか。シベリアに出兵した日本軍はそこにいたポーランドの孤児たち７６５名を救い出した。私たちの先人は愛を持ってポーランドに接し、今に続く世界を私たちに残してくれた。その歴史をポーランドはしっかりと残し、後世に伝える努力をしている。日本ではそういった美しい祖国の歴史を知っている人があまりにも少ない。ポーランドが持っている美しい日本のイメージに触れれば、より多くの日本人が日本人としての誇りと愛国心を持つことができる。学び伝えていくべき史実を、今後多くの日本人が知るところになればどれだけ日本はよくなるだろうか。そこに明るい祖国の未来があることを信じ、今後も知識を追い求め、そして伝えていきたい。

第6章

日本語・日本文化と世界平和

日本語教師ごときが世界平和を語るなんて。そう思われても仕方ないが私は大真面目である。私は今まで、ポーランド人を含む多くの外国人に日本語を教えてきた。もちろん日本語を学び日本を知れば、日本社会が持つ闇の部分も学生たちは知るようになる。私がアメリカや中国、ベラルーシになびいていた時期、日本の負の部分しか見えなかった。ゆえに日本の悪いところもよく知っている。しかし私は海外で、日本のよき部分を大いに伝えている。それはあえてそうしているわけでもなく、他国と比較し日本を高く見せているわけでもなく、日本をそのまま伝えると、自然と日本のいい部分が多く出てくるためだ。他国を批判することで自国民の愛国心を高めようとする国も多いが、日本はそのようなことをしなくても、日本を知るということで十分日本を愛することができるという意味において稀有な国である。結果として、多くのポーランド人が親日家、知日家として育っていった。彼らは日本に行き、なぜ日本が好きなのかを日本人に伝える。この流れが確立している今、自然と両国の関係は今後もよくなっていくだろう。

これが何を意味するかは明白だ。言わずもがな。世界平和である。多くのポーランド人が日本を愛し、同時に日本人もポーランドに対して同じ気持ちを持てば、少なくともポーランドと日本は将来に渡って戦争などせず、友好関係を続けるだろう。私は今ポーランドにおり、ポーランドと日本のことばかりを見ている。同じようなことが世界中で起きれば、必ず世界は平和になると信じている。

私は海外に出て、自分を育ててくれた日本に直接恩返しができないという葛藤を抱えていた。しかし、以前も述べたように私は日本を外から支え、日本の平和を守る方法を知った。その夢を多くの人と共有していくために、教師に語り、学生に語り、共に手を携え、この大きな夢に向かって進んでいきたい。夢は旅であり目的にあらず。この旅は私の亡き後も必ずや後世の人たちがつないでいってくれるだろう。

適性とコミュニケーション能力　言語力よりも大切なもの

世界平和を考える時、人々がそれぞれ自分に合った仕事をすることで充実し、コミュニケーションを通して相互理解を進めていくことも大切だ。人的交流を通して世界平和に貢献できる日本語教師はとても魅力的な職業である。しかし、日本語教師だけが世界平和に貢献できる仕事でないことは明白だ。あなたは今の立場で、どう世界平和に貢献できるのかを考えてほしい。見方を変えれば必ず、ある程度の影響力に気づけるはずだ。

世界を平和にするには、あなた自身が幸せでなくてはならない。あなたが幸せであるためには、人生の中で多くの時間を費やしている仕事が好きであることが条件だ。それは今やっている仕事を愛することでも達成できるし、自分に合った仕事を探すということも考えられる。適性と言ったって、自分の適性が分からないという人もいるだろう。はっきり言おう。考えるだけ無駄である。適性とは今ある状況で精一杯できることをすることで、自然と見つかっていくものだ。精一杯取り組めばそれはいつしかあなたの自信となろう。ここでは得意不得意は関係ない。初めから根拠のない自信をもって目の前のことに取り組めばいい。

自分の適性が見つかったら、その適性を補強するために知識もつけていかなければならない。どの職業においても同じであるが、ここでは日本語教師を例に挙げよう。日本語教師であれば言語学、教授法、教育心理学、応用言語学、日本文化などに加え、ポーランドで教えるのであればポーランドに関する知識も欠かせない。ここで忘れてはならないことは、知識はつけるだけでは全く役に立たないということだ。使わない知識は知らない知識と同じであり、知識は使ってこそその価値を発揮する。新しい教え方を知ったら、それを実際に使ってみる。ある日本文化を学んだら、それを実際に伝えてみる。これを『知行合一』という。

一つの例を出そう。私は大学院で外交を学んでいた。その中で『外交交渉』という科目もあり、紛争などがあった際、または国益がぶつかった際にどう相手と効果的に交渉をしていくかを学んだ。大学院を卒業し、教師会事務局長として日本語弁論大会の計画をしていた２０１４年。当時の日本国大使より、「昨年使った大使館の多目的ホールよりも、もっと見栄えがする場所で弁論大会ができないか」という相談があった。そこで私は大学院の大ホールでできないか交渉を始めた。つまり文化科学宮殿でやろうということだ。首都中心にある大学院を休日に、無料で、一日ホールを貸してほしい。その時に私が大学院に対して使ったのは私がその大学院で得た交渉術である。この交渉は失敗するはずがなかった。なぜなら私の交渉が失敗であれば、それは私に正しい交渉術を教えなかった大学院のミスであることを、大学院自身が認めてしまうということになるからだ。２０１９年、日本語弁論大会は大学院の大ホールで盛大に行われた。何かを成し遂げたいとき、そこに必要なのは必死さだけではない。いくら必死に頑張ったとしても、その方向性が間違っていれば空回りする。勝つには勝ち方を学べ。

海外で人々とうまく付き合っていく時に必要になること。それは言語能力を含めたコミュニケーション能力であることは言を俟たない。相手との相互理解なくして、お互いの信頼関係を作り、その輪を広げていくことはできない。日本でも就職する際に大事なのはコミュニケーション能力であるとよく言われるが、海外に出たらこの能力はより重視されているように思う。

私はよく、海外で必要なのは言語力より適応力であると言っているが、意味するところはコミュニケーション能力を使って相手としっかり分かり合える力である。いくら言語ができても相手に伝えられなければ元も子もない。そういう私も、昔はコミュニケーション能力が具体的に何を示しているのかさっぱり分からなかった。

ある日、これから就職活動を始めるという日本人留学生から相談を受けた際、日本で就職活動をしたことのない私はポーランドにある日本商工会の会長にアドバイスを依頼した。その際、会長が何度も繰り返していたこともコミュニケーション能力の大切さであった。それでも私の中ではその能力はまだまだ得体のしれないものだった。人と話すこととコミュニケーション能力は一体何が違うのか。私は日本語教師であると同時に和太鼓演奏家である。様々な場所でコンサートをする中で、コミュニケーション能力について少しずつ考えるようになっていった。演奏技術はもちろん大切だが、音楽界で成功するためにはしゃべりも武器にしなければいけない。そういえば子どもの頃、コカリナの演奏で各地を回っていた時、私の師はどこに行っても同じ冗談を言い、人々を笑わせていた。私は聞きなれているのでまた言ってるよと受け流していたが、よくよく考えてみればこれはコミュニケーション能力だったのかもしれない。

２０１８年９月、私と尾内はアマテラスとしてポーランドとウクライナの国境に近いジェシュフという街にコンサートで呼ばれた。旧市街に設置された巨大なステージ。まずは一曲演奏し、その後自己紹介をするという流れ。そこで尾内はいきなり「のってるか～い？」と叫んだ。それを聞いて大盛り上がりの会場。私は隣でそのやりとりを見てあっけにとられていた。思いっきり太鼓を叩いた後に、「えっと、これは和太鼓と言いまして」と言うより、「楽しんでるか～？」と叫んだ方が会場は熱気にあふれ、お客さんの印象にも残るのか。リトアニアに行った際、私はリトアニア語で「楽しんでるかー！」だけを教えてもらい、撥を握る前にマイクを握った。そして第一声。

「楽しんでるかー！」

太鼓を叩く前にすでに会場は大いに盛り上がり、もう演奏する必要はないんじゃないかと思った。コミュニケーション能力とは、『相手を自分の流れに巻き込む話術』である。日本人はシャイだというイメージは海外どこに行っても異口同音によく聞く。私が恥ずかしがらずに色々な人と話すと「日本人なのに」と言われるように、日本人はあまりオープンではないというイメージがある。アメリカのゲイクラブで恥ずかしがらずに踊っている時にも「日本人というよりアメリカ人ね」と言われたことがある。同様に世界は日本人である私が「楽しんでるかー！」とステージ上から叫ぶことをそこまで期待していない。であればなおさらそれを逆手にとってお客さんを盛り上げ楽しませることができる。お客さんにとっての「日本人なのに」というサプライズは、脳にとって一番の栄養なのだろう。

そういう私は実はシャイだ。自分から話しかけるのが苦手で、特に先輩との話はできるだけ避けようとしながら10代を送っていた。しかしその後『演じる』ことを学び、『シャイではない自分』を演じ続けた結果、今では全く臆することなく誰とでも話せるようになった。ステージ上で盛り上がれるのは、やはり和太鼓演奏家を演じているからであって、根本の部分でシャイであるということには今でも変わりない。

人を巻き込むコミュニケーション力。欧米の人たちは比較的この話術を身につけている。それはどのように育まれてきたのだろう。私が今まで海外に住みながら、少しずつ気づいてきたことは、対人関係の基本は家庭で育まれるということだ。日本では家に子供部屋があり、そこにはよくテレビもついている。そのため子供が引きこもりやすい環境になっているのだ。一方、欧米ではテレビがあることはまれで、否応がなしに共同生活をしなければならない。それは大学生になってからも同じで、ルームシェアやハウスシェアは当たり前。寮でも一つの部屋に何人かが住んでいるというケースが多い。そこでは常に自分以外の人とのコミュニケーションが求められる。そこから相手に自分を伝える能力としてのコミュニケーション能力が育まれる。

もう一つ、海外に住む上で必要なコミュニケーション能力の一分野として言語運用力がある。日本語をそのまま訳したような話し方ではどの言語でも適切な表現にはならず、言語の裏にある文化をくみ取った運用をしなければならない。ある時、ポーランドに留学している日本人学生からこのような相談を受けた。授業は英語だが、討論などに入ることができない。どう英語を学べばいいのかというのだ。「英語を学ぶな」まず私はそう伝えた。ポーランドに留学するほどの日本人学生であれば、ある程度英語の勉強は積んでいる。少なくとも中学高校と6年間学んでいるのだ。ゆえに討論に参加するために英語を学ぶ必要はない。必要なのは『話し方』を学ぶことだ。

２０１５年、ハンガリーで中東欧日本語教師研修が行われ、私は『割込み発話』についての発表を行った。その内容はまさにその話し方についてであった。日本語は動詞や否定が文末にくるため、最後まで聞くことで相手の言わんとすることが理解でき、聞いてからの反応となる。一方で英語やポーランド語の場合は重要な情報が文の前に来るため、最後まで聞かなくても大体言わんとしていることが分かる。それゆえ頻繁に『割込み発話』が見られ、日本語話者から見ると普通の会話であっても言い争っているかのように映ることがある。私はよくポーランド語を話している時、後からポーランド語が分からない日本人に「なんの喧嘩してたの？」と聞かれることもある。英語で討論に入ろうと思えば、英語よりもこの割込み発話の練習をしなければならない。日本の英語教育ではこの言語運用力の観点が完全に欠如している。結果として日本人が国際社会に出ていく足かせとなっている。その他にも言語運用について挙げ始めたら切りがない。英語の『you』をそのまま『あなた』と訳し、日本で年配の人や親、先輩と話すことは適切ではないと分かっているか。『come to me』の me には場所性があるが、日本の『私に』には場所性がないため『私に来て』とは言えないことを知っているか。日本人がよく使う『すみません』には謝罪だけではなく、依頼や感謝の意味もあることを知っているか。ジェスチャー、目線、声の高低、座る場所などは一部の例に過ぎないが、言語を学ぶ際にはここに挙げたような言語運用力も共に学ばなければ、海外に出て苦労することになる。それゆえ日本語教師が日本語を教える場合、日本語が持っている文化的側面を学生に伝えていかなければならない。それを指導する際、教師が一つでも外国語を習得していることが望ましい。ここで意味するところは学生と外国語で話せるとか、ただ単に言語ができるからということではなく、比較言語の観点から見た言語運用力を含んだ教育が行えるためだ。人間関係の基本は共感である。外国語を学んだ日本語教師は、目の前で外国語を学んでいる日本語学習者の気持ちが分かり、共感できる。逆に言えば、外国語を身につけていない教師が、学生に外国語としての日本語を学べと言ったところで説得力はない。

ここでポーランド語について触れておく。ポーランド語は世界一難しい言語だとよく言われるが、それは日本人にとっては確かなことではないかと私は思う。今まで学んできた外国語の中でもやはりポーランド語は一番難しい。よくポーランド人は自分たちの言語について「ルールよりも例外の方が多い言語」だと言うが、言うだけなら簡単だと毎回思う。日本語にないもので言うと、３種類の性に加え複数形もある名詞や形容詞、過去形や複数形に加えて変幻自在に格変化する形容詞や動詞、数えきれないほどの完了体、日本語の倍近い音声数、あえて難しくしたとしか思えない複数子音の連続など、考えただけでも頭が痛くなる。

ある日、妻が私に「一番効果的にポーランド人をいじめる方法を教えてあげようか？」と聞いた。何だと聞くと、「ポーランド語についての質問をすることだ」と言われた。彼女の言う通り、私が授業中に学生たちにポーランド語の質問をすると、必ずと言っていいほど議論になる。つまり何がポーランド語として正しいのかの意見がポーランド人の間でも分かれるのだ。そんな言語を学んでいる日本人留学生は、口々に「ポーランド語を学んで、英語がいかに簡単な言語かを知った」と言う。英語が三輪車だとしたら、ポーランド語は一輪車に乗るようなもの。この１０年でポーランドに一年間交換留学し、ポーランド語が日常会話レベルである程度話せるようになった留学生の数は、私の知る限り片手で数えられる。同じ時期にフランスやスペインに留学し、ゼロから言語を学んでいる留学生がそれなりに話せるようになっていくのを見て、「ずるい」という声も聞く。それほどポーランド語は難しい言語であり、ポーランド語はとても面白く学ぶ価値がある言語だとは思うが、習得に時間がかかるという覚悟が必要だ。

ポーランドでは英語も比較的通じる上、日本人とポーランド人をつなぐ上で日本語が話せるポーランド人を増やしたほうが効率的かつ現実的であるとも考えている。学習者数を考えた時にも、ポーランドには四つの国立大学に日本学科があり、私立を含めるとさらに多くの大学で日本語が学べる。日本語が学べる機関は私の調べで６０機関を超えており、学習者数も５千人は下らないだろう。一方、日本でポーランド語が専攻できる大学は東京外国語大学の一校だけ。機関も全国で１０程度だ。

ポーランド語の名誉のために、簡単に日本語の難しい点も触れておこう。ポーランドに比べ、文法や発音が簡単だと言っても、ひらがな、カタカナに加え多くの漢字がある日本語の文字はポーランド人学習者を苦しめる。また同じ『すいせい』でも『彗星、水性、水星、翠星』などいくつもの同じような発音の言葉がある。ポーランド語から日本語への翻訳をする場合、一番困るのは日本人の名前だ。Sakamoto とあっても『坂本』なのか『坂元』、または『阪本』なのか分からない。ポーランド人の名前は聞けば書ける。それは音を聞いた時に漢字のようにいくつもの選択肢がないためだ。これこそ日本語は漢字を見ればわかるテレビ型言語、欧米は聞いただけで分かるラジオ型言語だと言われる所以だ。

妻が数年前、『ZANDAKA』という合気道クラブに出会った時の話だ。クラブの名前が気になった彼女が由来を聞くと、「日本語でバランスっていう意味だよ。合気道にはぴったりでしょ」と言われたそうだ。なるほど。『均衡』という意味ではなく『残金』という訳をしてしまったということか。しかしすでにロゴもあり、彼は自信満々であったようだ。そのため妻は間違いを指摘できずに戻ってきた。彼女は日本語って難しいねとだけ言い、その後訂正すべきだったのかしばらく悩んでいた。

ポーランド語も日本語も難しい。英語だって言語そのものを見れば決して楽な言語ではない。しかしどの言語であれ、身につけている人はいる。共通しているのは、その言語を愛しているということだ。好きこそものの上手なれで、人は好きなことでしか成功できない。また、職業で自分の適性を見つけることと同じように、外国語でもその人の適性に合った言語がある。それを見つけるためにも、まずは気になった言語を学んでみるのがいい。一つの外国語を習得すれば、二カ国語目、三カ国語目は簡単であると言うが、私もその通りだと思う。私は英語→ロシア語→ポーランド語の順に身につけたが、最初にポーランド語をやっていたらずっと高い壁に遭遇したことだろう。なぜか。言語を身につけるということは新しい自分を身につけること。そして母国語を客観的に見る目を養うこと。二カ国語目以降は比較できる言語が増え、客観的に学ぶことができるからだ。そして何より外国語を身につけることは自信を手に入れることである。より多くの人が外国語を習得し、新しい自分を発見し、人と人をつなぐ役割を果たしていくことができれば必ず世界は平和へと向かっていく。

教育の力

世界を平和にするために教育が果たす役割はとても大きい。文化教育、歴史教育、国際理解教育、そしてもちろん言語教育。しかし教育もその方向性が間違っていれば、必ずしもいい結果はもたらされない。日本が嫌いになるような教育を施せば、それだけ日本に対する嫌悪感は高まり、平和に対して逆行してしまう。それは、日本のいいところばかりを教えるべきだと言っているわけではない。いいところも悪いところも含め、正しい知識を伝え、そこから自ら考える力を学生につけさせることが教育である。自分たちと違うということに気づいたとき、それを排除するのではなく、受け入れて考えられるように学生たちを導くことが教育である。その気づきが成長につながる。

かの有名なガリレオはこういった。

「人にものを教えることはできない。自ら気づく手助けができるだけだ」

ガリレオが言わんとしていることは知識を詰め込むのではなく、知識を使って学生自らが考え成長していく過程を助けるのが、指導者として正しい役割であるという事だ。必要なのは知識の詰まった能ではなく、どんな知識が入ってきても対応できる能である。これは日本語教育だけではなく、子育て、社内教育を含め全ての教育に当てはまることだ。そして教育の目的とは『自立』である。日本語教育であれば日本語を使って教師の手を離れ、学生が自ら主体となり日本語を使って世界平和に貢献しくということだ。どうすればそのような脳ができるのか。答えは簡単だ。学生が何か質問をしたときに教師がいつも正しい答えを伝えていては、学生の自ら考えると言う能力は育まれない。

社会に出た時、そこには教師はいない。だからこそ教室の中でも自分で考えるという訓練をしていかなければならない。学生を自立させる教師とは、なぜと聞かれたときにたまには自分で調べさせ、気づかせる教師である。そして何より、その学生はできると信じることだ。人の成長には波があり、また進度もさまざまだ。つまり人の数だけ学びがあるということだ。今目の前にいる学生ができないと一喜一憂することなく、今できなくても1年後にできるだろうと信じてあげる。子どもだって何度も何度も転びながら走ることを覚える。そこで走れると親が信じてやらなければ、それは子どもの成長を阻害する要因となる。私は今できるレベルで満足しろと言っているわけではない。今に満足したら成長はないからだ。だからこそ長期的に見ればできるだろうという態度でどんな学生にも接していくべきである。

第4章でシベリアにいたポーランド孤児を日本軍や日本赤十字が救ったという話をした。その後子どもたちはポーランドに戻ったが、母国は第一次世界大戦後の独立に伴う混乱で、孤児を受け入れる余裕を持ち合わせていなかった。せっかく祖国に帰ることができたのに、子どもたちの戦いは続くことになる。その後1923年から28年までの5年間、多い時で300人を超える孤児たちはポーランド北部にあるヴェイヘローヴォで集団生活を送ることとなった。そこで子供たちの指導に当たったのはポーランド救済委員会副会長のユゼフ・ヤクブキェヴィチである。彼は子どもたちを救ってくれた日本に対し、多大なる感謝の念を持ち子どもたちを教育していた。ヴェイヘローヴォでは日本文化イベントなども開かれ、子どもたちはポーランドに帰国してからも日本への愛を育み続けることができた。ヤクブキェヴィチは教育の力を信じ、子どもたちに日本を伝えることで、日本に恩返しができると信じ、子供たちに向き合った。その後孤児たちは社会復帰を果たし、親になり子へ、祖父母になり孫へと日本を伝え続けた。それが現在の親日ポーランドを作った一つの大きな力となっている。ヤクブケーヴィチは日本を伝えるという教育を通してどれだけ日本とポーランドの関係をよくしたのだろうか。ヴェイヘローヴォで教育を受けたイェジ・ストゥシャウコフスキはその後、帰国した孤児たちを集めて極東青年会を設立。青年会はポーランドで雑誌『極東のエコー』を出版したり、『日本の夕べ』というイベントや日本映画上映などを通し、日本をポーランドで紹介していった。

現在でも教育で日本とポーランドを近づけようとしている学校がある。その学校の名前はシベリア孤児記念小学校。２０１８年１１月２０日に開校したワルシャワ近隣の町にある公立学校だ。前身の小学校は、フィリペック教授の計らいで、神戸の子どもたちがポーランドを訪問した際に受け入れ機関となっている。校名に悪いイメージのあるシベリアという言葉が入るということで、保護者からは反対もあった。しかし校長の強いリーダーシップで『シベリア孤児記念小学校』という校名を冠することとなり、開校日には３本の桜の木が植えられた。ポーランド独立１００周年、日本とポーランドの国交樹立１００周年、そして校名が『シベリア孤児記念小学校』となったことの三つを記念しての植樹である。この学校の校章には何と桜や日本国旗が。そんな校章も子どもたちから案を募って考案された。各教室には日本に関する展示があり、図書館ではシベリア孤児の歴史についての読み聞かせが行われる。折り紙や空手の授業などに加え、音楽の授業では『君が代』を歌う。これがポーランドの公立の小学校で起きている実際の話である。ここまで日本びいきの小学校があるのに、何もせず見ているだけなんて日本人としてできるわけがない。私は訪問というより通学気分でこの学校を頻繁に訪れている。この学校の子どもたちを将来、日本とポーランドの架け橋として育てていきたい。

これらの実例は私にとって励みとなり、日本語・日本文化教育を通した世界平和が現実的だと私に教えてくれる。ただ教えることと、世界に貢献したいという気持ちを持って教育をすることとではその意義や達成感が全く違う。ポーランドに来る日本語教師が、日本とポーランドの歴史を学ぶべきだという理由はここにある。両国の歴史に関する知識をつけ、人をより幸せにするためにその知識を使ってほしい。知識とは日本刀のようなものだ。人を傷つけるためではなく、人を守るために使うという目的においてである。江戸時代には侍が日本刀でよく戦っていたというイメージがあるが、実際は全く逆で、日本刀はお守りのような存在であった。私たちは身につけた知識を見せびらかしたり自慢したりせず、人を守るためにどう使えばいいのかを考えるべきである。

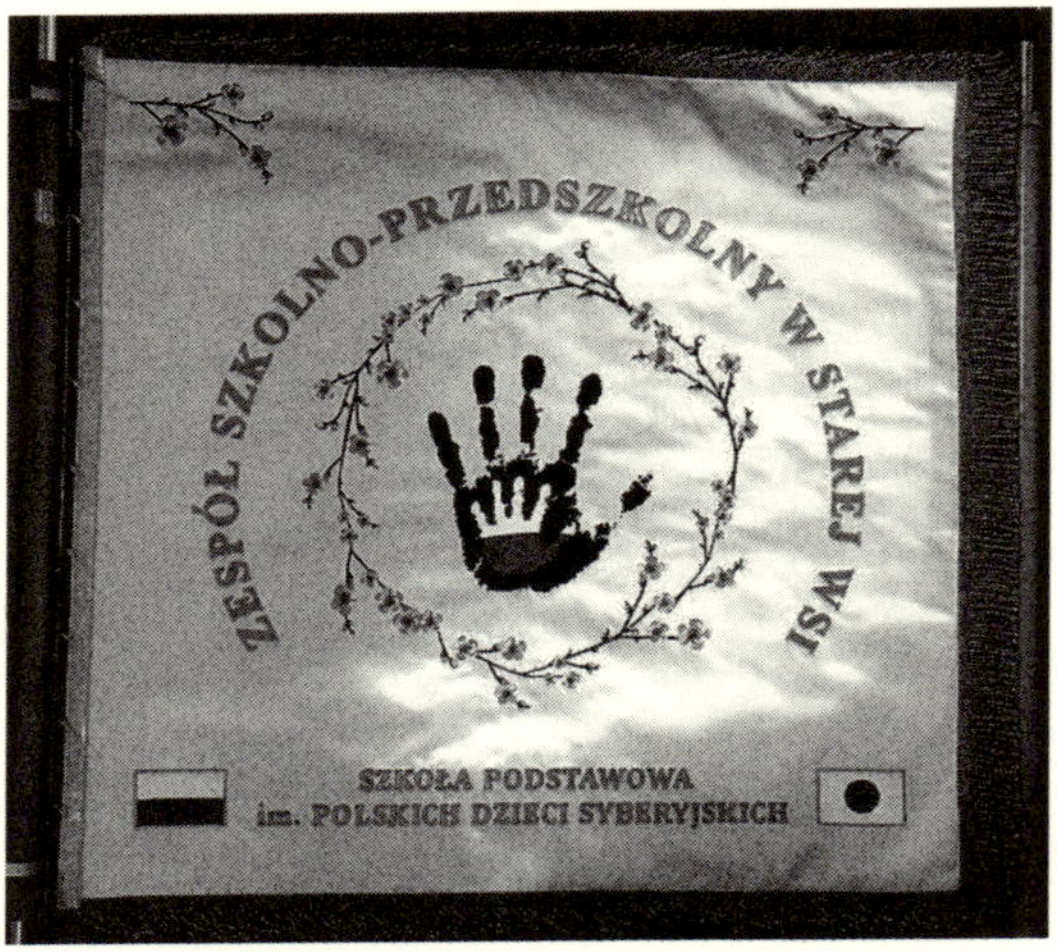

シベリア孤児記念小学校校章　黒い手はシベリアの闇、小さい手はポーランドの子ども達、その周には日本を象徴する桜が描かれている

日本を伝えるということ

日本文化は世界平和に大きな役割を担っている。今や世界中で日本の武道を初め多くの文化が日本人の手を離れて広まっている。海外では、日本語がネイティブではない先生の存在なくして、日本語教育さえ成り立たない。それだけ日本が日本人の手を離れて広まっているという現実を我々はもっと知らなければならない。なぜならそこに私たち日本人が自分たちを見直すきっかけがあるからだ。日本文化は世界でも特殊である。その理由は日本が海に囲まれているため、海外との接触が物理的に制限されており、独自の文化を育んでくることができたためだ。茶道や書道、ラーメンなどは大陸から来たといえばその通りであるが、日本で独自の発展を遂げ、逆に大陸に日本文化として紹介できるまでになっている。日本人は歴史上、大陸から来た文化に『和』や『わびさび』の要素を織り込み、さらに大衆文化として体系化してきた。大衆文化というのは当たり前すぎて分かりにくいかもしれないが、浴衣を例に挙げると分かりやすい。多くの国では民族衣装を持っている人はほんの一部であり、着たことがない人もいる。一方、日本では浴衣を着たことがない人はほとんどおらず、自分の物を持っているというのも一般的で、子どもの時から七五三などで着物も着る。

もう一つ紹介しよう。ポーランドにもポーランド文字を万年筆で書く書道があるが、やったことがある人はほとんどいない。一方、日本では江戸時代ではすでに世界屈指の識字率を誇っていた。日本人は身分に関わらず書をたしなんでいたということがここからも分かる。海外では一部の文化人の間だけでたしなまれてきたような文化は多く、文化を大衆化させ発展させてきた日本のような国は世界的に見れば珍しい。だからこそ日本文化とは、まさしく『和の文化』なのだ。その『和』こそが世界を平和にする力になる。私は書道をポーランドで広めているが、同時にその『和』を伝えていきたいと思っている。書道には多くの魅力がある。書き出すことで考えていることが明確になるという力。全体のバランスが取れた作品を作り出そうと努力する過程から身に着く俯瞰力。その他にも集中力や道具を大切にする心など、字そのものよりも多くのことが学べるのが書道の魅力だ。太鼓もただの音楽文化という意味合いでは教えていない。日本人は周りを見て自分の行動を正すことを得意とする。太鼓でいえば、周りの音を聞いて自分の音を出すということになる。ポーランドでは日本に比べ個人主義をよしとする教育が行われているため、周りに合わせて正しいリズムで叩いたり、周りと同じ大きさの音を出すことを教えるのは想像以上に難しい。

ポーランドでは音楽会もなければ運動会もない。日本のように朝、体育館に集まって本気で校歌や生徒会歌を練習するということもない。学校の旅行も参加は自由。給食もなければ掃除もない。そういう教育からは周りと協力して、何かを共に作り出すという能力がなかなか育まれず、大人になってからそれを身につけようとすると長い時間がかかる。和太鼓は周りを見て、自分の行動を律するという『和』の精神を学ぶにはとっておきの文化だ。だから私は太鼓文化を『和太鼓道』と呼ぶ。太鼓を通した人格形成、それこそ私がポーランドで目指している太鼓の道だ。

以前、学生の一人がスサノオノミコトの話をした際、日本人留学生から「それってどんな神様？」と逆に聞かれて愕然としたそうだ。それは、日本人がポーランド人にキリスト教の話をし、「イエスって誰？」と言われるようなものだ。今まで日本人は外国語を学ぶ際に外国の文化を吸収することばかりにとらわれ、自国の文化や歴史を軽んじてきた。それでは海外に出て馬鹿にされてしまう。海外で日本を伝えるには、外国語で、日本に関する知識を持ち、言語運用力の支えを得て発信しなければならない。

言葉と文化はまさに体と心のようなものだ。切っても切り離せない関係にあり、同時に身につけていくものだ。もちろん、日本人であれば学校で日本史を少なからず学んでいる。ではなぜそれが身につかないのか。それは情報を聞いたり読んだりして吸収することで終わっているためだ。自分の言葉にして発信しなければ、得た情報は知識へと進化しない。自信とは自分でできるという能力のことであり、自分の言葉で伝えられるという状態まで情報を分析することで日本を紹介する自信がつくだろう。世界を平和にするために日本を知り、人を守るために知識をつけ、人に伝えるための言語力をつけ、共に世界に飛び出そうではないか。

終章

違いを楽しむ力

「なんで日本に住まないの？」

これは私が今まで何度も聞かれた質問である。彼らは私に帰るべきだと言っているわけではなく、純粋に不思議がっている。日本は諸外国と比べ技術水準も高く、伝統や文化も深い国。そこで生まれたにも関わらず、なぜあえてそんな〝楽園〟を離れたのかなかなか理解されないのだ。ポーランドで仕事を持ち、家族ができてからも同じような質問をよく受ける。日本の方が稼げるのに。日本の方が子どもの教育環境はいいだろうに。それだけ海外の人々にとって、日本は魅力的な国として映る。

なぜ私が日本に帰らず海外での生活を送っているのか。それは、日本人としてそこでしかできないことがあり、日本同様、そこに私の居場所があり、日本人としての私を受け入れてくれる環境もあるからである。その土台は日本人に対する信頼からできており、それらを作り出してきたのは私ではなく、私が会ったことも話したこともない、長い歴史の中で奮闘してきた先人たちを知り、伝えていくため、私は今海外にいる。私は日本が好きだ。日本が好きだから日本を出て、日本人として海外に住んでいる。

日本に住んでいる限り海外は今でも遠く感じられる。私は行こうと思えば今から車に乗り、数時間以内にドイツにでもチェコにでも行くことができる。パスポートなんて持っていく必要もない。欧州の人々にとって海外旅行は週末にでも行こうかという感覚である。海外では日本について『極東』という表現もよくなされる。この言葉を聞くと私は日本をとても遠く感じてしまうが、多くの外国人にとって日本という国は心の中では常に隣国である。

言葉が違い、文化が違い、気候が違い、人種や食生活、宗教も違う。そんな海外での生活はもちろん大変なことだらけだ。しかし人間とは、環境よりも思考に左右される生き物である。違いを善とするか悪とするかで、その人の意識が方向づけられる。違いを楽しむ力。それこそ海外で必要な適応力だ。

さあ、世界に羽ばたくための準備を今から始めよう。海外は遠い存在かもしれない。近くに外国人はいないかもしれない。だが焦るな。今日の努力は将来実る。時間とは二度と戻らない瞬間の連続である。海外にいようと日本にいようと人には平等の時間が与えられている。その時間を有効に使おうではないか。外国語を勉強するもよし。日本を知るもよし、外国について調べるもよし、身近にいる外国人と話すもよし。できることから始めよう。

私は今後も、日本とポーランドが末永く友好関係であり続けるよう、最大限の努力をしていく。次の世代が、そしてそれに続いていく世代が生きやすい社会を作っていきたい。あなたにもあなたが今いる場所で、あなた自身の方法で世界に飛び込んでほしい。中から、外から日本を、そして世界を共によくしていこうではないか。その道のどこかであなたと出会える日を夢見て。

ワルシャワにて　日本ポーランド国交樹立１００周年によせて　令和元年5月　坂本龍太朗

坂本龍太朗

1986年2月14日岐阜県高山市生まれ。長野県育ち。静岡大学教育学部卒、ポーランド国民大学国際関係学部卒、ネブラスカ大学オマハ校（アメリカ）奨学生、ゴメリ国立大学（ベラルーシ）奨学生。

2010年にポーランドで大学院に進学して以降、現在までポーランド在住。

大学院在籍中にワルシャワ日本語学校を設立。現在学校経営の傍ら和太鼓や書道をポーランド国内外で紹介している。

ワルシャワ日本語学校教頭（2011 - 現在）
ポーランド日本語教師会事務局長（2012 - 現在）
ポーランド日本祭り事務局長（2018 - 現在）
和心　代表取締役社長（2018 - 現在）

日本を出て、日本を知る
日本人が日本人として、これからの時代を生き抜くヒント

2019年8月30日　初版発行

著者　坂本龍太朗
編集協力　森こと美
発行者　千葉慎也
発行所　アメージング出版（合同会社 AmazingAdventure）
（東京本社）〒103-0027　東京都中央区日本橋 3-2-14
新槇町ビル別館第一 2 階
（発行所）〒512-8046　三重県四日市市あかつき台 1-2-108
電話　050-3575-2199
E-mail info@amazing-adventure.net
発売元　星雲社
〒112-0005 東京都文京区水道 1-3-30
電話　03-3868-3275
印刷・製本　シナノ書籍印刷

ISBN 978-4-434-26429-0　C0095